우주 말고 파리로 간 물리학자

(우주 말고)
파리로 간
물리학자

이기진 글·그림

흐름출판

틀리건 맞건!

지금 이 순간이 어떤 세계로 연결될지 아무도 모른다. 미궁에 빠질 수도 있지만, 미궁 역시 때가 지나면 자신만의 매력적인 시간으로 변화할 수 있다. 충분히! 삶의 한 기술일 수도 있는 취향. 검증되지도 검증할 수도 없는 그것 하나만 믿고 선택한 여정이 지금, 이 책으로 안내했다.

세상살이는 엄격한 물리학의 세계와는 다르다. 그래서 재밌다. 어디든 하나의 정답이 존재하지 않는다. 그때그때, 사람과 상황에 따라 여러 개의 각기 다른 정답이 존재한다. 사는 것은 이렇게 헷갈리는 상황 속에서 자신을 합리화시키며 계속 좋은 방향을 선택하는 과정이다. 틀리건 맞건! 20대에 경험한 파리 다락방에서의 한 줄기 바람이 지금 여기로 이끌었다.

"bon voyage~"*

공간 좌표의 이동은 가장 멋진 수학 법칙 중 하나다. 축을 옮기듯 다른 곳으로 한 순간에 이동할 수 있는 방법. 하지만 인간에게는 불가능하다. 걷거나, 운전을 하거나, 배를 타거나, 그것도 아니라면 짐을 싸서 가장 빠른 비행기를 타는 방법밖에 없다. 비행기 속에서 느긋하게 와인을 한 잔 마시면 웜홀을 타고 다른 세상으로 이동한다. 돈과 시간을 지불해야 하지만 세상에서 가장 멋진 일이다.

이른 새벽 빵을 사러갈 때, 다락방 책상에 앉아 창을 열고 파리의 하늘을 바라볼 때, 장바구니를 들고 요일 장을 기웃거릴 때, 오후의 나른한 햇살과 바닷바람이 연구실의 열린 창으로 들어올 때, 풀장 옆에서 친구들과 모히토를 마실 때, 해질녘 카페에서 해피타임에 맥주잔을 기울일 때, 어둠 속 하늘이 푸른빛으로 하루를 마감할 때, 이불 속 따

---

* 프랑스어로 "여행 잘 다녀와"라는 의미입니다.

뜻한 온기를 누리며 게으름을 피울 때 새로운 내가 존재한다. 이런 순간순간이 좋다. 공기처럼 손으로 잡을 수 없는 시간들. '함께였으면' 하는 사람들을 생각하며.

파리, 생나제르 연구소, 몽파르나스의 다락방. 서울을 떠나면 이런 생활에 익숙해지고 또 다른 일상이 시작된다. 서울에서의 일상을 벗어나 삶이 만들어지리라고는 생각하지 않았다. 자연스럽게 내가 하고 싶은 일을 하다 보니 이렇게 된 것이라고 말하면 건방져 보일지 모르지만, 사실이다. 삶은 본인의 선택이다. 뭐, 희생도 따르겠지만 좋아하는 일, 하고 싶은 일만 해도 결국 '끝'에는 아쉬움이 남는게 삶이다.

여기에 쓴 글과 그린 그림들은 매일매일 쓴 글이 아니다. 쓰다가 말아 잊힌 단편적인 글들이 많다. 파리에서 그림을 그리고 글을 쓰다가 서울에 오면 잊고, 다시 서울 생활로 바빠진다. 그러다 다시 파리에 가면 새롭게 쓰기 시작하고, 마무리를 짓지 못하고 서울로 돌아온다. 이런 반복의 결과가 만든 책이다. 그러다 보니 '이런 걸 언제 썼지?' '이런 그림을 언제 그린 거야?' 하는 생각이 들기도 한다. 뭐,

좀 부끄러운 표현일 수도 있겠지만 '뒤죽박죽'이라는 말이 딱 맞다. 그럼에도 파리에 있으면서 글을 쓰고 그림을 그리며 생활했던 시간이 행복했다. 이 행복한 시간의 뭉텅이가 이 책이다. 가족 같은 친구 제랄과 그의 부인 나딘 역시 이 책의 주인공이다.

언젠가 온 가족이 다시 한 번 파리에서 함께 살려던 바람은 이룰 수 없게 됐지만 마음속으론 항상 그것이 불가능하게 느껴지지 않는 이유는 뭘까? 사랑하는 내 딸 채린과 하린 역시 이 책에서 '바람 같은 힌트'를 얻어 앞으로 멋진 삶의 이야기를 만들어갔으면 좋겠다.

다음 장을 들춰보는 여러분에게도 이 책을 읽는 동안 파리의 한 줄기 바람이 함께하기를 바라며.

— 이기진

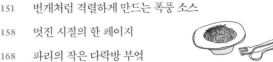

프랑스에서 많은 시간을 보냈지만, 아직도 프랑스어는 어렵군요!
외래어 표기법을 준수하며 썼지만 관용어는 그대로 두었습니다.
일러스트 속 혼잣말은 평소 저의 말씨를 썼으니, 중간중간 어색
한 표현이 있어도 이해해주시길.

물리학자라고요

"안녕하세요? 물리학자 이기진입니다." 간혹 나의 정체를 묻는 사람들에게 이런 말을 해보는 걸 상상한다. 역시 어색하다. 지금까지 해온 물리학 프로젝트를 짧은 몇 마디로 설명하는 것은 정말 어려운 일이다. 불가능에 가깝다.

그래도 한마디로 정의 내릴 수 있는 것은 "나는 마이크로파 물리학을 공부하고 있습니다"라는 한 문장이다. 그러면 다음 질문으로 이어진다. "마이크로파가 뭔가요?" 여기서부터 안개가 자욱한 고속도로에 들어선 자동차처럼 속도가 줄어든다. 마이크로파를 한마디로 정의 내리기는 불가능하다. 물리학 교과서의 한 챕터를 차지하고 있고 전자공학과에서는 마이크로파를 이용한 통신 분야가 있을 정도다. 그래도 내가 여기서 가장 짧게 설명할 수 있는 말은 이렇다. "지금 당신이 사용하고 있는 핸드폰의 주파수이기도 하고 찬밥을 데워 먹는 전자레인지의 주파수이기도 한 것이 바로 마이크로파입니다. 이 정도면 이해되셨죠?"

그건 그렇고, 많은 사람이 내가 물리학자인 것 같긴 하지만 과연 물리학을 열심히 공부하고 있는지 의심한다. 여행, 그림, 책, 영화, 패션에 대해서는 열심히 말하지만 정작 물리학에 대해 말하는 것은 들어본 적 없다는 이유에서다. 하지만 나는 굳이 맛있는 맥주를 마시는 자리에서까지 물리학 이야기를 할 필요성을 느끼지 못하기 때문에 하지 않는다. "물리학은 낮에 학교 연구실에서 충분히 했다고요!" 뭐 이런 변명이다. 사실이기도 하고.

대학에서 교수로 자리를 잡고 강의를 하고 있을 때 가장 친한 일본 친구 기무라 상이 한국에 놀러왔다. 일본에 있을 때부터 내가 츠쿠바대학에서 강의를 한다고 하면 "흠 그래? 사실이야?" 이렇게 의심스럽게 쳐다보곤 했다. 츠쿠바대학에서 동경공업대학으로 자리를 옮긴 후로는 의심의 눈초리가 더 강해졌다. "흠, 믿을 수 없는 일이다!" 뭐 이런 분위기였다. 기무라 상에게 물리학 이야기를 한 번도 한 적이 없기 때문에 이런 의심을 받을 법도 했지만, 그렇다고 내가 물리학자로서 달라질 것이 없으니 뭐 그러려니 했다.

하루는 기무라 상이 연구실의 대학원 학생에게 내가 강의하고 있는 교실을 물어봐 뒷문으로 몰래 들어와 앉아 있었다. 나는 그런 것도 모르고 열심히 강의를 했다. 여기 까지는 괜찮았다. 그런데 뒷좌석에 앉아 있던 기무라가 강 의하는 내 모습을 찍는다고 일어나 사진을 찍었다. 갑자기 셔터가 터지는 바람에 놀란 나는 "파파라치다!"라고 소리 쳤다. 학생들은 웃고, 기무라는 당황한 나머지 도망을 쳤 다. 그날 기무라는 "기진, 너 강의하는 모습이 너무 자랑스 럽다!" 뭐, 이런 이야기를 하며 막걸리 잔을 부딪쳤다. 이날 이후로 가무라 상은 내가 물리학자이자 대학 교수인 사실 에 대해 어떤 말을 한 적이 없다.

내가 프랑스에 가서 연구하는 이야기를 해도 사람들 의 반응은 역시 마찬가지다. "프랑스에 가서 열심히 치열 하게 연구하고 있습니다!" 이렇게 말해도 사람들은 "좋으 시겠어요! 이번에도 알프스 프라리옹에 다녀오시나요? 와 인 조금만 드세요! 저번처럼 밴드에 프랑스의 멋진 사진을 올려주세요!" 이런 말이 전부다.

여기서 처음이자 마지막으로 파리에서 하는 물리학 연구에 대해 이야기해보겠다. 브르타뉴 낭트대학의 교수로 있는 친구이자 공동연구를 하고 있는 제랄은 서울 학회에서 만났다. 비파괴학회로 비접촉 방법으로 물건을 파괴하지 않고 물체의 결함을 진단하는 연구를 하는 학회다. 학회가 끝나고 뒤풀이로 삼겹살집에서 고기에 소주를 한 잔 하면서 제랄과 연구에 대해 이야기를 나눴다. 제랄은 마이크로파 주파수보다 낮은 주파수를 연구하고 있었고 나는 그보다 높은 주파수를 연구하고 있었다. 이야기를 하다가 제랄이 먼저 이런 제안을 했다. "나는 에어버스 비행기 재료를 연구하는데 너랑 연구하면 재밌겠다. 내가 너를 초대할 테니 올래?" 그 때는 지나가는 말이려니 했다. 그러나 얼마 지나지 않아 3개월짜리 초청장이 날아왔다.

나는 3개월 동안 낭트대학의 연구실에 머물면서 에어 버스 비행기 동체에 쓰이는 카본 재료를 가지고 행복하게 연구했고, 그 결과 논문으로 발표했다. 그때는 연구소 앞 근처에 다락방을 얻어 주중에는 낭트에서 지내고 금요일 오후면 테제베를 타고 파리에 가서 주말을 보냈다. 다음 월요일 아침이면 다시 테제베를 타고 연구실로 향했다. 연구소는 바닷가 근처에 있었다. 연구하는 시간 외에는 아침저녁으로 음악을 들으며 해변가를 산책하고, 글을 쓰고, 그림을 그리고, 책을 읽었다. 제랄과 함께 점심을 먹었고 퇴근 후에는 바닷가에서 유유자적한 생활을 즐겼다.

3개월이 지나 서울로 갈 시간이 되었다. 제랄이 계속 함께하지 못하는 것에 대해 아쉬워했다. 그 후 꽤 시간이 지나 내가 제랄을 서울로 초대했다. 제랄은 두 달 동안 경복궁 근처 창성동에 있는 허름한 내 한옥에서 머물렀다. 그리고 정말 훌륭한 시간을 함께 보냈다. 훌륭한 시간이라고 하지만 이태원에서 맥주를 마시면서 이야기하고, 지방으로 세미나를 다니면서 여행하고, 주말이면 친구들을 초대해 한옥 마당에서 요리를 해 먹으면서 보낸 게 전부다. 녹색의 한옥 뒷마당에 차려진 프랑스 식탁은 지금도 잊을 수 없다. 부르기뇽 요리는 최고였다.

그 후 방학이면 제랄은 자신의 연구소로 나를 초대했다. 물론 공동연구를 위해서다. 이번에는 학교 앞 다락방이 아니라 제랄의 집 다락방으로. 이제는 공동연구 파트너를 넘어 가족이 되었다.

2012년 처음 만나 지금까지 10년의 세월이 흘렀다. 10년 동안 꾸준히 마음을 열고 지내는 친구와 그 친구의 친구들이 있다는 것은 참으로 행복한 일이다. 하루아침에 이루어질 수 없는 우정과 물리학 연구!

연구에 대한 이야기를 하려고 했지만 다시 우정이야기로 돌아왔다. "내가 그랬잖아요. 물리학 연구에 대해 설명하는 게 제일 어려운 일이라고요. 놀고 있는 것은 아니니 걱정은 하지 말아주시고, 가끔 '요즘 어떤 연구하세요? 잘되나요?' 이렇게 물어봐주시면 감사하겠습니다." 물론 내 대답은 "네, 항상 연구가 그렇죠." 이런 구태의연한 대답이 나오겠지만.

저녁을 여는 열쇠

브르타뉴 연구소에서 일을 마치고 나면 어김없이 제랄과 함께 동네 카페로 향한다. 오후 5시 여름의 해는 하루를 다시 시작해도 될 만큼 중천에 있다. 겨울이면 이미 해가 저물어 깜깜할 시간이다. 제랄이 운전하는 차 안에서 우리 둘은 말을 하지 않아도 오직 한 가지 생각만을 한다. '카페에 도착하면 무엇을 마실까?!'

오후의 일로 허기가 느껴지고 피곤이 몰려온다. 여름이면 더하다. 바다의 열기가 연구소 창문으로 몰려 들어와 더 지친다. 여름이면 점심을 해결하는 대학 식당이 문을 닫는다. 그러면 연구소 근처에서 샌드위치 하나로 식사를 때운다. 이 에너지로는 남은 오후를 버티기 힘들다. 하지만 신기하게도 연구소를 나오는 순간 홀가분해진다.

이제부터는 물리학자일 필요가 없다. 내일 출근 전까지 어떻게든 재미나게 보내는 것이 제일 중요하다. 일과 휴식 사이에는 '경계선'이 필요하다. 일은 연구소를 나오는 순간 끝이다. 이제 밤의 문을 두드리면 된다. 똑똑! 일단 저녁을 맛있게 먹어야 한다. 그러려면 순서와 절차가 필요하다. 그 첫 순서로 중요한 의식이 있다. 라틴어 아페로 apéro에서 유래한 '열다, 시작하다'라는 의미의 아페리티프 apéritif를 마시는 거다. 맛있고 즐거운 식사를 하기 전에 먼저 마음을 열어야 한다. 그 열쇠가 아페리티프 한 잔이다.

30분을 운전해 카페에 도착한다. 주차를 하고 주저 없이 카페로 들어간다. 이미 카페에는 동네 사람들이 바에 서서 무언가를 마시고 있다. 문을 열고 들어가면 마치 기다렸다는 듯이 서로 반갑게 악수를 한다.

루아르 지역의 화이트와인 푸이이휴메 Pouilly Fume를 마실까? 아니면 뮈스카데 Muscadet를 마실까? 앙주 지역의 로제 와인을 마실까? 아니면 얼음을 넣은 리카 Ricard를 마실까? 생맥주를 마실까? 아니면 얼음이 들어간 위스키를 마실까? 루아르 지역의 샤르도네로 만든 스파클링 와인을 마실까?

잔에 물방울이 몽글몽글 맺히는 생맥주 한 잔으로 쉽게 결론이 난다. 시원한 맥주 한 잔으로 배고픈 위를 달랜다. 그다음은 뮈스카데 와인을 맛볼 차례다. 뮈스카데 한 잔을 부딪치는 순간부터 밤의 시간이다. 지금부터는 철저히 브르타뉴 동네사람이 된다.

뮈스카데 한 잔은 1유로다. 한 잔을 마시고 있으면 먼저 마시고 있던 친구가 나가면서 우리를 위해 한 잔의 술값을 더 계산해준다. 자연스럽게 한 잔을 더 마시게 된다. 제랄은 카페 안에 있는 담배 가게에서 복권을 사온다. 복권 한 장은 2유로다. 한 장을 사서 서로 번갈아가며 긁는다. 가끔 5유로가 당첨되면 다시 두 장을 산다. 이 두 장은 내일의 몫이다. 다음 날 다시 이 자리에 올 때까지 지갑에 넣어 숙성시킨다.

또 새로운 동네 친구가 들어온다. 친구가 제랄과 나를 위해 세 잔의 술을 시킨다. 이런저런 이야기를 하다가 잔이 비면 내가 한 잔씩 더 시킨다. 이 시간이 되면 동네 사람들이 모두 모인다. 서로 부탁할 일이 있는 사람들은 바에 기대어 이야기를 하고, 담배나 잡지를 사러왔다가 한잔하고, 일을 마치고 집에 가기 전에 한잔한다. '순환'은 주기적

교수
Gérard

Jean-Pierre
버스운전사

푸줏간주인
Pascal

Bruno
인감 제조업자

으로 자꾸 되풀이하여 돎 또는 그런 과정을 의미한다. 멋진 순환의 고리가 이곳에 있다.

"이제는 가자!"

이렇게 이야기하지만 뭔가 부족하면 마지막 한 잔을 더 시킨다. 여섯 잔을 마셨다. 작은 잔으로 마셔서 포도주 4분의 1병 정도다. 3유로로 여섯 잔이나 마실 수 있다니! 이제 집으로 가서 요리를 하고 저녁을 먹을 시간이다. 카페 앞 마을 중앙에 있는 성당 뒷문 쪽에서 50미터 떨어진 제랄의 집으로 간다. 밤의 문을 열었으니 초대된 방으로 들어갈 차례다.

비주 키스와 악수

제랄과 연구소에 들어가는데 세크리터리와 여직원, 동료들이 담배를 피우고 있다. 어떻게 해야 하나? 한두 번 안면이 있는 사람도 있고 처음 본 여직원도 있고 처음 본 연구원도 있다. 난감하다. 제랄은 한 사람도 빠짐없이 일일이 악수를 하고 프랑스식 키스 비주Bisou를 두 번 한다. 파리에 살기 시작하면서 당황했던 것 중 하나는 인사를 어떻게 해야 하는가에 관한 것이었다. 체계적으로 인사법을 가르쳐주는 사람도 없었고 눈치를 보면서 자연스럽게 상황을 넘기거나 지나쳤던 것 같다.

내가 지금부터 정리하는 내용은 '프랑스에서 어떻게 인사를 해야 하는가'에 관한 개략적인 이야기일 뿐 절대적인 공식이 아니니 참고용이다.

프랑스에서는 동료나 친분이 있는 사이라면 꼭 비주를 한다. 비주는 프랑스식 인사법으로 볼에 입술을 가져다 대는 행위이다. 비주는 어떤 특별한 친분이나 존경 그리고 사랑의 마음을 담은 인사법으로 고맙고, 사랑하고, 다시 보자, 그리고 안녕이라는 다양한 의미를 포괄적으로 표현한다.

입술을 가져다 댈 때 "쪽" 하고 소리를 내고 볼에 살짝 댄다. 입술을 볼에다 대고 "쪽" 소리가 나게 키스할 필요가 없다는 말이다. 젊은 사람들은 볼을 가져다 대고 "쪽" 하고 소리를 내는 것이 통상적이고 나이 든 분이 손자나 손녀를 만나는 경우 입술을 가져다 대기도 한다. 연인의 경우는 모든 것을 초월한다.

볼에 입술이나 볼을 살짝 가져다 대는 비주의 횟수는 프랑스 지역에 따라 다르다. 대부분의 대도시나 지방에서는 두 번의 볼 맞춤을 하는데 오른쪽 볼을 시작으로 왼쪽으로 이동한다. 하지만 프랑스 남쪽 프로방스 지방은 두 번의 볼 맞춤을 하지만 왼쪽 볼에서 시작한다. 방향이 다르다. 프랑스 서쪽 브르타뉴 지방은 한 번의 볼 맞춤만 한다. 그리고 프랑스 중부 지방은 세 번 한다. 노르망디, 샴페인,

Bisous $\longleftrightarrow$ Poignée de main

루아르 지역은 사람에 따라 두 번이나 네 번을 한다.

당혹스러운 것은 프랑스 전국에서 모이는 학회다. 세미나를 시작하는 아침은 서로 서먹해서 악수로 시작하지만 반나절이 지난 뒤 같이 식사를 하고 헤어지는 시점에는 어느 정도 친분이 생겨 꼭 비주로 마무리를 한다. 이때 한 번인지, 두 번인지, 세 번인지, 네 번인지 헷갈린다. 더해야 하나 말아야 하나 눈치를 보게 된다. 이때는 두 번의 볼 맞춤을 기본으로 하고 더하게 되면 그렇게 하면 된다. 예외는 국적이 다른 사람들이다. 이럴 땐 악수가 무난하다.

볼을 이용한 인사법은 상황과 성별에 따라 달라진다. 남자들 사이에는 아무리 친해도 서로 볼을 대지 않는다. 주로 악수를 한다. 남자들이 서로 볼을 대는 경우는 아주 예외적인 경우로 남자끼리 서로 좋아하거나 사랑하는 사이에서 그렇게 한다. 물론 아들과 아버지처럼 가족관계에서는 비주를 한다. 특별한 날인 결혼식이나 멀리 떠나는 경우에도 남자들끼리 비주를 한다. 이 외에 선물을 받으면 개봉하고 나서 고맙다는 인사로 선물을 준 이에게 비주를 하는 것이 상례다. 하지만 남자들 사이에서는 악수다.

그렇다면 일하고 있는 중간에는 어떻게 할까? 사무실

이나 작업실에 하루 중 처음 마주하는 여직원이나 동료가 들어오면 어떻게 해야 할까? 여성인 경우 꼭 비주를 해야 한다. 남자들 사이에는 가벼운 악수를 건네고 가볍게 눈을 마주친다.

한마디로 정리하자면 더블 비주는 여자들 사이에, 남자와 여자 사이에, 어른과 아이나 가족들 사이에 이루어진다. 그리고 남자끼리는 무조건 악수다!

비주에 대한 것을 이 정도로 정리한 것은 최근이다. 수많은 프랑스 사람들을 만나고, 집에 초대받고, 연구소에서 일하고, 학회에 참석했지만 그동안 어떻게 했단 말인가?! 생각해보니 로봇과 관련해 남성 매니저와 오랫동안 같이 일하면서 만날 때와 헤어질 때마다 비주를 했던 것 같다. 그는 소르본느대학에서 교수로 일을 하고 있는 남성 파트너와 같이 살고 있다. 그와의 비주는 서로에 대한 우정 표현이었을 뿐 오해가 없었기를. 지금까지 인사법을 정리했지만 아직까지도 헷갈린다. 다시 한 번 말하지만 남자와 남자는 기본이 악수다!

파스타에 대하여

지난 겨울 파리에 머물다가 이탈리아 볼로냐에 다녀왔다. 볼로냐대학에서 작은 세미나가 있었다. 서울을 떠나기 전에 짐을 싸고 파리 다락방에서 또 한 번 떠나기 위해 짐을 싸는 동안 우주선을 갈아타고 어딘가 멀리 떠나는 것 같은 마음이 들었다.

인터넷으로 저가 항공기를 예약했는데 타는 곳이 Paris PVA 공항이었다. 파리에서 한 시간 이상 북쪽으로 가야 했다. 초행길인데 그날따라 눈도 오고 날이 빨리 어두워졌다. 공항을 찾기가 무척 힘들었다. 길을 헤매다 다시 찾아보려고 하는데 신기하게도 목적지였다. 그렇게 허허벌판에 공항이 있을 줄은 몰랐다. 공항터미널이 시골 버스 정류장처럼 허름하게 느껴지긴 처음이었다. 새벽이 되어서야 고생 끝에 볼로냐 공항에 도착했다. 어둡고 텅 빈 볼로냐 공항터미널에 내리니 마치 화성에 도착한 기분이었다. 간신히 택시를 타고 버건디색의 볼로냐 시내로 들어갔다. 고단해서 어떻게 잠들었는지 기억이 나지 않는다.

볼로냐 시내 호텔에서 아침을 맞으며 창을 여니 에밀리아로마냐주의 풍광이 느껴졌다. 학회에 참석하기 위해 호텔을 나와 대학으로 갔다. 높은 회랑을 따라 걷다 보면 어느새 목적지에 다다를 정도로 볼로냐 시내는 작고 아담했다. 중세 도시이지만 관광 도시처럼 살아 있었다. 길을 걷고 있으니 나를 에워싸고 있는 도시의 바람이 자연스럽게 중세의 분위기로 이끌었다. 파리와 달리 도시가 나를 숨겨주는 느낌이 들었고 숨을 수 있는 공간처럼 편안했다.

학회 첫날 이탈리아 교수의 안내로 교수 몇 명과 함께 학교 앞 식당에 점심을 먹으러 갔다. 테이블이 몇 개밖에 없을 것 같은 허름한 입구로 들어서니 어둡고 큰 홀에 많은 탁자와 의자가 놓여 있었다. 아무리 점심시간이라지만 이렇게 많은 사람들로 식당 안이 꽉 차 있을 줄은 예상하지 못했다. 식탁에 마주 앉아 음식을 먹으면서 떠드는 사람

들의 말소리에 갑자기 기분이 좋아졌다. 알아듣지 못하는 이탈리아어이지만 음식을 두고 큰소리로 떠들어대는 소리는 이곳이 이탈리아라는 것을 실감케 했다.

이탈리아에서 파스타는 건파스타와 생파스타로 나뉜다. 에밀리아로마냐 중심에 미식가의 본고장 볼로냐가 있다. 볼로냐는 생파스타의 도시다. 우리가 아는 토마토소스 파스타 볼로네제는 달걀 한 개와 밀가루 100그램으로 반죽한 탈리아텔레tagliatelle에 소고기 양지로 뭉근하게 우려낸 국물과 토마토퓌레를 넣어서 만든 라구 알라 볼로네제 ragu alla bolognese다.

라구 알라 볼로네제의 소스는 고기, 당근, 양파, 셀러리를 다진 후 볶은 다음 와인과 토마토를 넣고 낮은 불에서 장시간 서서히 끓여서 만든다. 이 소스는 이탈리아 북부 에밀리아로마냐의 주도 볼로냐에서 유래한 대표적인 고기 소스 중 하나다.

전통적으로 라구 알라 볼로네제의 소스는 4시간 정도를 서서히 끓여 만든다. 과거에는 주로 늙은 소를 잡았기 때문에 고기가 질겼고 대가족을 위해 한꺼번에 많은 양을 끓여야 해서 조리 시간이 길었다. 요즘은 질 좋은 소고기를 이용해 만들어서 조리 시간이 짧아졌지만 그래도 뭉근하게 고기 맛을 우려내기 위해서는 시간이 걸린다. 라구 알라 볼로네제를 만들 때 돼지 뱃살을 소금에 절인 베이컨과 비슷한 판체타pancetta를 쓰기도 하지만 오리지널은 소고기 양지만을 쓴다. 찜이나 스튜에 사용하는 양지는 소의 복부 아래쪽 부위로 지방과 결합 조직이 발달해 있어 장시간 서서히 조리를 해야 진한 풍미가 우러난다.

그건 그렇고, 파스타 하면 면 이야기를 빼놓을 수 없다. 면의 두께와 너비에 따라 맛이 달라진다. 탈리아텔레 생면은 노른자 반죽이다. 밀가루와 노른자를 반죽해서 냉장고에서 숙성시킨다. 숙성된 반죽을 얇게 밀어 둘둘 말아 칼국수처럼 칼로 자르면 탈리아텔레가 된다. 탈리아텔레라는 이름은 '썰다'라는 뜻의 이탈리아어 '탈리아레tagliare'에서 유래했다. 이 면은 에밀리아로마냐 지방의 중요한 전통 중 하나이다.

파스타 면 하면 항상 바릴라Barilla 사가 떠오른다. 이 회사가 1877년에 세워진 것을 최근에야 알았다. 이탈리아에

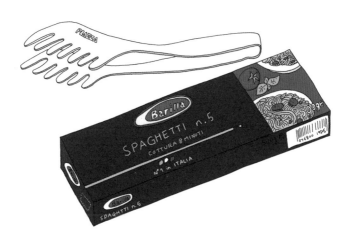

Tagliatelle 탈리아텔레

탈리아텔레　　달걀탈리아텔레　시금치탈리아텔레

오징어먹물 탈리아텔레　코로아 탈리아텔레　토마토 탈리아텔레

Paglia e Fieno 팔리아 에 피에노

서는 모두 바릴라 사가 만든 면으로 스파게티를 만든다. 이
바릴라 사의 면은 우리나라에서 파는 소면이나 중면 정도의
국수와 비슷하다.

　여유가 있으면 반죽을 해서 탈리아텔레를 만들어 먹
지만 시간이 없으면 어쩔 수 없이 바릴라에서 나오는 면으
로 요리한다. 그래서 이탈리아 부엌 한 켠에는 항상 비상식
량처럼 바릴라 사의 면이 비치되어 있다. 가장 무난한 면
사이즈는 5번이다.

탈리아텔레는 반죽에 시금치, 오징어 먹물, 코코아, 토마토 등 다양한 재료를 넣어 만들기도 한다. 팔리아 에 피에노Paglia e Fieno는 달걀로 만든 노란색 면과 시금치로 만든 초록색 면을 반씩 섞어놓은 것을 말한다. 지푸라기처럼 노랗고, 건초처럼 초록색이라 하여 '팔리아 에 피에노'라는 이름이 붙었다. 두 가지 색깔을 살리기 위해 버터나 생크림 소스로 파스타를 만든다. 탈리올리니Tagliolini는 너비가 2밀리미터 정도 되는 가는 면이다. 페투치네Fettuccine는 로

마식 탈리아텔레고, 가장자리가 물결무늬인 것은 레지네테Reginette라고 한다. 파파르델레Pappardelle는 탈리아텔레보다 넓게 잘라 만든 면으로 테두리가 톱니모양이고, 라자냐Lasagna는 넓적한 판 모양의 면이다.

지역에 따라 다양하게 만들어진 파스타 면은 토끼 고기, 오리 고기 등 그 지방에 맞는 재료로 요리한다. 일본의 라멘이 지역에 따라 소스와 고명이 달라지듯, 이탈리아의 파스타도 소스와 면의 조합이 지역에 따라 달라진다.

서울에서도 주말이면 꼭 한 끼를 파스타로 먹는다. 후다닥 만들어 먹기 편하다. 누구는 라면이 더 편하다고 하겠지만 만들어 먹다 보면 라면보다 편할 때가 있다. 소스를 넉넉하게 만들어 먹고 남은 것을 냉장고에 넣어두었다가 다음 날 점심이나 저녁에 다른 요리와 함께 데워 먹는다. 라면은 식으면 다시 못 먹지만 파스타는 그렇지 않다. 냉장고에서 남은 소스를 꺼내 데우면 그 맛이 더 깊어진다. 식어도 맛있는 음식이 정말 맛있는 음식이다.

갑자기 파스타가 먹고 싶어진다. 문득 생각이 나 스르르 침이 고이는 음식이 라구 알라 볼로네제다.

버터 비스킷 부스러기

　과자를 잘 먹지 않는데 이 비스킷은 좋아하게 되었다. 그것도 우연찮게.

　생나제르 연구소에서 연구를 마치고 파리로 돌아오는 길에 제랄이 이 과자를 선물이라며 내밀었다. 고맙다고 인사하고 서울로 가져왔고 다시 학교 연구실에 가져다 놓았다. 지친 몸으로 연구실에 앉아 있던 어느 날 배고프고 뭔가 단것이 땡겼다. 당이 떨어진 걸까? 하지만 먹을 게 없었다. 둘러보니 제랄이 준 뤼 프티 뵈르LU Petit beurre가 뜯지도 않은 채 책장에 고이 놓여 있었다.

　아르메니아에서 가져온 민트티를 끓였다. 그리고 이 과자를 한입 깨물었다. 이럴 수가! 한순간에 세상이 달라지는 경험을 했다. 내가 있는 세상은 불과 몇 초 전의 세상이 아니었다. '과자 부스러기' 하나로 세상이 달라진다고 표현하는 게 호들갑스럽다고 할지 모르겠지만, 먹어보지 않으면 모른다.

이 과자의 고향은 낭트다. 천안의 명물 호도과자처럼 지금은 낭트의 명물이 되었다. 이 과자의 스토리는 1846년에 시작된다. 장 로망 르페브르는 파리에서 서쪽으로 400킬로미터 떨어진 브르타뉴 낭트시로 이사를 간다. 그의 직업은 파티시에pâtissier였다. 1850년 그는 낭트에서 폴린느 이자벨 위틸과 결혼을 한다. 이 부부의 결혼은 창의적인 상품을 만들어낸다. 그들이 만든 비스킷은 서서히 이름이 알려지기 시작한다. 비장의 무기는 버터 향이었다. 브르타뉴의 풍부한 버터를 이용해 버터 향이 강하고 바삭한 비스킷을 만들어낸다. 이때가 1886년이다.

이 비스킷은 이야기가 있는 특이한 디자인을 가지고 있다. 사계절을 의미하는 4개의 모서리와 52주로 이루어진 일년을 의미하는 52개의 둥근 이빨이 있다. 과자 부스러 기에 스토리를 넣은 최초

의 시도였다. 19세기가 끝나갈 무렵 이 과자는 최고의 성공을 거둔다. 잘 팔리니까 수출도 한다.

LU 과자 공장은 아들 루이 르페브르-위틸이 물려받고 그의 손자 미셸 파트리크 르페브르-위틸이 기업을 더 혁신적으로 이끈다. 그리고 마침내 1957년 현재의 역사적인 로고가 탄생한다. 이 로고를 디자인한 디자이너는 레이먼드 로위였다. 파리 출신인 그는 미국으로 이민해 활동했다. 레이먼드 로위는 놀랄 만한 것을 팔기 위해서는 로고를 익숙하게 만들어야 하고, 익숙한 것을 팔기 위해서는 로고를 놀랍게 만들어야 한다는 철학을 갖고 있었다.

그가 디자인한 대표적인 로고는 럭키스트라이크 담배 패키지, 엑손, 쉘, TRW, BMW, 재규어, 캐딜락이 있다. 특히 코카콜라 리디자인은 그를 최고의 디자이너로 이름을 떨치게 해주었다. 그의 디자인 영역은 우주에까지 닿았다. 1967~1973년 그는 나사NASA의 '새턴-아폴로 스카이랩 프로젝트'에 참여해 우주정거장을 디자인했다. 또 우주인들이 지내는 스페이스 캡슐의 인테리어 디자인을 맡았다. 우주인들이 지구의 집처럼 불편함 없이 생활할 수 있게 디자인했고, 둥근 창문을 설치해서 창문 너머로 아름다운 지구를 볼 수 있게 했다.

그건 그렇고, 주말이면 제랄과 낭트 시내를 산책하거나 시내 공원에서 열리는 벼룩시장에 가곤 했다. 길거리를 걷다 보면 LU의 옛 공장 건물이 시내 중심에 남아 있다. 이 낡은 건물이 이제는 낭트시의 상징이 되었다. 그곳으로 가기 위해 무심코 길을 건너는데 LU라고 적힌 커다란 로고가 보였다. 지금은 미술관, 공연장, 레스토랑으로 쓰이는 오래된 옛 LU 공장 건물의 화려한 돔보다도 작은 타일로 만들어진 간결한 LU의 로고가 더 감동적이었다.

이 로고를 누가 디자인했는지 몰랐을 때는 낭트의 촌

스러운 동네에 있기엔 "참 멋지다!"라고 표현할 수밖에 없었다. 시간이 한참 지난 뒤 뤼 프티 뵈르 비스킷의 맛에 반해 알아보니 이 로고를 디자인 한 사람이 레이먼드 로위라는 사실을 알게 되었다. 이 멋진 로고가 마치 조각 작품처럼 보였다.

요즘은 한국에서도 이 과자를 맛볼 수 있다. 얼마 전, 후배가 "형 술 한잔해" 하면서 와인과 LU 과자를 가져왔다.

"형. 이 버터 쿠키 와인이랑 어울린다! 먹어봐!"

집 뒤뜰에 앉아서 와인을 마시는데 LU 과자를 한입 깨무니 정말 잘 어울렸다. 어떤 창의적인 맛이었다. 입안에서 와인 맛도 살고 과자 맛도 살고. 이런 훌륭한 조합의 하모니는 아마도 와인을 받쳐주는 브르타뉴 버터의 힘이 아닐까.

부엌의 고슴도치

이 스펀지를 언제 어디서 누가 어떻게 만든 것일까 생각해본 적이 없었다. 부엌에서 당연히 돌아다니는 물건쯤으로 알았다. 프랑스에서는 이 물건을 에퐁제Éponger라고 부른다. 발음도 예쁘다. 불어로 에퐁제는 '물기를 닦다, 흡수하다'라는 의미를 가진 단어로 스펀지를 말한다.

이 에퐁제는 1932년에 탄생했다. 파리에서 아미앵으로 가는 북쪽 보베에 있는 스폰텍스spontex 사에서 만들었다. '스폰텍스'라는 단어는 두 개의 어원에서 왔다. 영어 스펀지sponge와 천을 짜다는 뜻의 라틴어 텍스틸리스téxtilis에서 왔다. 이 에퐁제는 부드러운 스펀지 위에 탄 냄

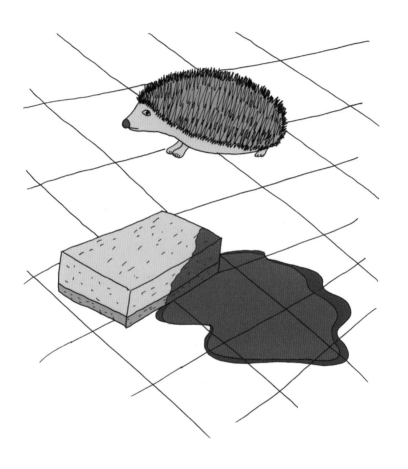

비를 긁을 수 있도록 까끌까끌한 초록색 천을 덧댄 모델로 인기를 끌었다. 1937년부터 본격적으로 많이 소비되었고 대량 생산이 시작된 1960년대에 폭발적으로 인기를 얻었다. 이제는 부엌에서 사라지지 않는 존재로 자리매김했다.

스폰텍스 에퐁제가 고슴도치로 변한 것은 1999년이다. 광고 감독 알랭 케브라가 에퐁제와 고슴도치 이미지를 연결해 광고를 만들었다. 고슴도치의 이름은 에르니였다. 죽어 있는 주방의 스펀지가 고슴도치라는 친근한 마스코트 이미지 하나로 다시 살아났다. 예술가의 일은 이런 게 아닐까? 일상의 풍경을 '멋지게' '새롭게' '특별하게' 만드는 것.

식탁 위에 굳어버린 소스를 촉촉한 고슴도치 바늘로 긁어내고 말랑말랑한 스펀지 면으로 깔끔하게 마무리할 수 있는 양면성! 이 고슴도치를 대신할 물건이 있을까?

흰색 싱크대 위에서 햇볕을 쪼이고 있는 녹색 고슴도치가 예뻐 보인다. 이건 나만의 생각일까?

과연 최고의 병따개는 무엇?

주인만이 병을 딸 수 있다. 주인만이 첫 잔을 음미할 수 있다. 주인이 먼저 첫 잔에 와인을 따라서 살짝 맛보는 것은 코르크나 이물질이 들어 있는지, 와인이 상했는지 알아보기 위함이다. 와인을 소유한 주인의 권리는 무엇보다도 초대한 사람들의 시선을 받고 연극처럼 연출할 수 있는 삶의 멋진 순간에서 나온다.

이때 주인이 와인병을 따다가 중간에 코르크를 부러뜨리는 것은 배우가 결정적인 순간 대사를 잊어버린 것과 같다. 또한 엑스트라처럼 병을 딸 줄 몰라 우왕좌왕하면 안 된다. 멋진 무대를 위해서는 끊임없는 연습이 필요하다. 하지만 연습만큼 중요한 게 있다. 본인만의 무기! 병따개를 가지고 있어야 한다.

가장 일반적인 병따개는 슈퍼마켓에서 쉽게 구입할 수 있는 클래식 병따개다. 그러나 이것으로는 연극 무대에서 아무런 감동을 줄 수 없다! 뾰족한 스크루를 손으로 돌리고 병따개의 양쪽 팔을 아래로 내리면 쉽게 와인병을 딸 수 있다. 그러나 무척 약하다는 단점이 있다. 슈퍼마켓에서 파는 이 병따개는 중국에서 만든 것이 많다. 이런 제품은 수명이 짧다. 자신의 수명을 다하면 자폭하고 만다. 병따개의 어깨가 오십견으로 힘을 못 쓰게 된다. 이 병따개는 마치 기억합금으로 만든 것처럼 수명이 정해져 있다. 어느 순간 목이 부러지고 만다. 또 구조적으로 뾰족한 스크루 부분이 코르크를 부러뜨릴 수 있다. 그렇게 되면 코르크 부스러기가 와인에 들어가 지저분해진다. 이 병따개의 한계다. 짧은 수명에 아쉬워하지 말고 한두 번 쓰고 버리는 소모품으로 생각하면 편하다.

띠르부송 심플tire bouchon simple. 이 병따개는 이름처럼 복잡한 구조물이 아무것도 없다. 나무로 만든 일자 손잡이에 나선형 스크루가 전부다. 그래서 코르크에 스크루를 넣고 세게 당기지 못하면 와인을 마실 수 없다. 팔 힘이 없으면 사용할 수 없다. 그렇다고 팔 힘이 있다고 다 되는 것은

아니다. 너무 세게 당기면 뚜껑이 부러진다. 오래된 와인의 경우 이 병따개로 따면 코르크가 부서질 확률이 높다. 효율적인 병따개는 아니다. 하지만 섹시한 팔 근육을 자랑하고 싶다면 아주 좋은 소품이다.

제일 쉽게 병을 딸 수 있는 건 소믈리에 병따개다. 카페나 레스토랑에 가면 볼 수 있는 가장 일반적인 병따개가 바로 이 병따개다. 이 소믈리에 병따개에 맥주병이나 레몬에이드 병을 딸 수 있는 병따개가 붙어 있으면 리모나디에

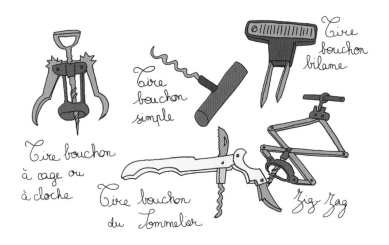

Limonadier라고 한다. 와인병을 따는 데는 이 병따개가 제일 좋다. 모든 와인병의 코르크를 빼낼 수 있기 때문이다. 슈퍼마켓에서 산 중국제 병따개 때문에 반이 찢어진 코르크도 이 소믈리에 병따개로는 쉽게 해결할 수 있다. 벼룩시장에서 이 병따개를 발견하면 하나 구입하는 것이 좋다. 오래된 것일수록 튼튼하고 좋다. 요즘 중국에서 만든 것은 이상할 정도로 몇 번 사용하면 망가진다. 사용 횟수에 제한이 있다. 이렇게 만들려고 해도 만들기 어려울 텐데.

빌람bilame은 다리 두 개가 있는 병따개다. 여기서 'bi'

는 두 개, 'lame'은 칼을 의미한다. 와인을 잘 아는 예전 사람들이 쓰는 병따개다. 요즘은 쉽게 구할 수 없다. 가끔 벼룩시장에 가면 볼 수 있는데 싸지 않다. 양쪽 날이 생명이다. 한쪽이라도 구부러진 자국이 있으면 안 된다. '뾰족한 스크루가 없이 어떻게 병을 딸 수 있지?' 하는 생각이 들기도 하지만 양쪽 칼날이 만드는 압력으로 코르크 마개를 뽑아낸다. 하지만 테크닉이 필요하다. 몇 번 실패하다 보면 익숙해진다. 어렵지 않다. 칼을 병과 코르크 뚜껑 틈 사이에 스르르 집어넣어야 한다. 그리고 살짝 돌려가면서 당긴다. 이것을 잘못하면 코르크가 와인으로 들어가 버린다. 쓰다 보면 숙달되고 오래된 와인 코르크를 뺄 때는 최고다. 이 병따개는 코르크를 상하게 하지 않는다는 게 장점이다.

지그재그zig zag 병따개는 병따개 중에 단연 최고다. 초대받아서 간 지인의 집에서 이 병따개를 처음 보았다. 와인병을 따는 모습을 보고 신기해하자 주인이 새로운 병을 딸수 있도록 해줘서 이 병따개를 처음 경험해봤다. 그가 가진 것은 지그재그 구조물의 단 수가 많았다. 코르크에 스크루를 돌려서 집어넣고 손잡이를 살짝 들어올리자 전혀 힘을 들이지 않고 코르크가 빠져나왔다. 이 병따개는 벼룩시장에서 구하기도 힘들고 비싸다. 중국제 병따개로 와인 맛을 버리느니 돈을 들여 하나 구입해놓으면 와인 병따개에 대해서는 졸업을 할 수 있다. 이 병따개는 몸집이 꽤 커서 어디 사라지지도 않는다. 단점이 있다면 이 병따개로 와인 병을 따면 옆에서 본 손님들도 꼭 이 병따개를 사용해보고 싶어 한다는 것. 그래서 여러 병을 따야 한다. 이것 빼고는 단점이 없다.

내 친구 제랄은 항상 바지 주머니에 주머니칼을 가지고 다닌다. 칼에는 약간 볼륨이 있는 뾰족한 사각 송곳이 있다. 칼은 살라미를 자르는 데 그만이다. 할아버지에게서 선물받았다는 제랄의 주머니칼은 와인병을 따는 간단한 스크루도 달려 있다.

제랄은 작은 칼로 병의 플라스틱 모자를 벗기고 럭비를 했던 팔뚝으로 가뿐히 와인병의 코르크를 딴다. 이 모습이 멋있어서 나도 벼룩시장에서 비슷한 칼을 사서 바지 주머니에 넣고 다녀봤는데 불편하기 짝이 없었다. 제랄은 항상 바지 앞주머니에 동전지갑과 자동차 키와 함께 주머니칼을 넣고 다니는 것 같은데 표시가 나지 않는다. 그러나 나는 제랄처럼 해봤지만 의자에 앉으면서 주머니칼이 중요한 곳을 찌르기도 하고 따로 놀기도 했다. 왜 이런 차이가 있을까 관찰한 결과 일단 바지가 달랐다. 나는 딱 맞는 셀리오 청바지를 입고 제랄은 볼륨이 있는 리바이스 청바지를 입고 다녀 제랄의 바지 주머니가 좀 더 크다. 몸집에도 차이가 있는데 나는 배가 안 나왔고 제랄은 브르타뉴 남자의 상징과 같은 배가 나왔다. 볼록한 배가 바지 주머니의 공간을 물리적으로 허락한 게 아닐까 생각해본다. 물론 내 추측이지만.

그건 그렇고, 멋진 와인 병따개 하나쯤은 가지고 있어야 와인 맛을 조금 안다고 이야기할 수 있지 않을까?

시간을 거슬러
기억 장치에 남아 있는 타임

한가한 시간이 생기면 허브와 향신료에 관한 책을 자주 본다. 허브에 대한 책을 읽으면 기분이 좋아진다. '이 향신료는 이런 향이지, 그리고 이런 요리에 딱이지.' 뇌리 어딘가 기억 장치에 모셔놓았던 이름과 향, 맛, 용도를 책을 통해 상상하는 시간은 재미나다. 책으로 읽으면 단편적으로 알고 있었던 허브나 향신료가 머릿속에서 깔끔하게 정리된다. 하지만 시간이 지나면 또다시 잊힌다. 책과 사진으로 허브와 향신료에 대해 안다는 것은 분명 한계가 있다. 몸으로 인식되지 않은 지식이야 허브 향처럼 증발해버린들 어쩌랴! 언젠가 뇌리 어딘가에 안착시키면 되지.

타임은 나와 가장 잘 맞는 허브로 요리의 중요한 재료

이기도 하다. 파리에서는 흙이 묻은 생타임을 지하철역 입구에서 살 수 있다. 방글라데시 출신의 사람들이 좌판에서 마늘, 파슬리, 로즈마리, 바질을 늘어놓고 판다. 그때그때 다르지만 보통 허브 한 단을 고무 밴드로 묶어 1유로에 판다. 슈퍼에 가면 병에 담긴 마른 타임을 살 수 있지만 생타임의 향을 따라오지 못한다. 생타임은 흔들기만 해도 상큼한 소나무 향이 난다. 코를 들이대면 강한 소나무 향과 달콤한 맛이 더 강력하게 머릿속 깊은 곳을 자극한다. 이 향의 기억은 오래 남는다.

타임은 트로이전쟁의 원인이 된 절세미인 헬레네의 눈물에서 생겨났다는 전설이 있다. 우리나라에서는 강한 향이 100리를 간다고 하여 백리향이라고도 한다. 고대 그리스 사람들은 타임을 향수로 만들거나 입욕제로 사용했다. 타임이 내는 강한 향을 용기나 기품으로 여겼다. 유럽에서는 흔히 타임을 티무스Thymus라고 부르기도 한다. 이는 그리스어로 '소독하다'라는 뜻의 '두오thuo'에서 유래한 것이다. 그만큼 타임은 강한 살균력을 가지고 있어 술이나 치즈에 상쾌하고 신선한 향을 내기 위한 향료로 쓰이기도 한다. 타임은 보존력이 강해 방부제나 천연 방충 방향제로

Cerfeuil

Persil

Aneth

Romarin

Livèche

Thym

Basilic

Estragon

Sauge

Marjolaine et origan

Sarriette

Ciboulette

도 사용된다. 또 타임은 생선, 육류, 조개 및 갑각류 요리에 사용된다. 특히 바비큐를 할 때 고기에 뿌려 숙성시켜 구우면 신선한 향취를 느낄 수 있다.

봄에 맡는 타임 향은 특별하다. 봄의 훈훈한 바람에 야산에서 재배된 타임은 비닐하우스에서 재배된 것과 향을 비교할 수 없다. 흩날리는 소나무 향과 달콤한 향이 더 강렬하게 느껴진다.

6월이 되면 요일 장에 꽃이 핀 신선한 레몬타임이 나온다. 레몬타임은 타임 향에 레몬 향이 깊이 들어가 있다. 레몬처럼 새콤달콤한 향이 난다. 프랑스 남부, 스페인, 이탈리아, 북아프리카와 같은 지중해 지역이 원산지다. 레몬타임은 그 향이 음식에 쉽게 배어들어 요리에 활용하기도 좋고 레몬즙 대용으로도 쓸 수 있다. 프로방스 지방에서 인기 있는 허브 혼합 향신료인 허브 프로방스의 중요한 구성 재료이기도 하다. 레몬타임은 토마토 요리에 풍미를 더해 주고 그 밖에 구이 요리와 야채 요리, 스튜, 쿠키, 스콘, 허브티에도 활용된다.

싱싱한 레몬타임은 비닐봉지에 싸서 냉장 보관하면 최대 2주 동안 쓸 수 있다. 말린 레몬타임은 밀폐 용기에 담아 서늘한 곳에서 보관하면 6개월간 쓸 수 있다.

프랑스 음식의 깊은 베이스는 다른 향료가 아닌 타임 향 때문이다. 타임 향을 잘 알지 못하면 프랑스 음식의 베이스를 이해하지 못할 정도로 프랑스인들은 타임을 좋아한다. 파리의 어느 집이든 부엌 한 켠에는 꼭 물기 있는 종이 타월에 뿌리 부분을 돌돌 말아서 보관 중인 생타임이 있다.

음식은 기억이다. 음식의 향은 더더욱 그렇다. 타임 향을 의식하고 음식을 먹으면 조금씩 이 타임 향이 뇌리에 박힌다. 이태원 단골 펍 JR 요리사가 아랍 출신이었다. 맥주 안주로 병아리콩으로 만든 후머스를 시키면 난이 나왔다. 이 난에 타임이 들어갔다. 이국적인 타임 향이 들어간 난과 함께 후머스를 먹으면 최고였다. 어느 날 요리사가 바뀌고 이 요리는 메뉴에서 사라졌다. 아랍 출신 요리사의 손끝에서 만들어진 후머스와 타임이 들어간 난은 고향에서 자신이 먹었던 요리가 아니었을까?

이 비누에 대해 말하자면

시멘트 블록처럼 생긴 비누를 쓰고 있다. 파리의 슈퍼마켓에는 수많은 액체 비누가 한쪽 벽면을 차지하고 있지만 나하고는 맞지 않는다. 파리에서 하는 샤워는 서울과 같지 않다. 샤워를 해도 뭔가 개운한 느낌이 들지 않는다. 일차적으로 수돗물의 차이일 수도 있지만 액체비누 때문이다. 파리의 수돗물에는 석회가 많이 들어가 있어 목욕할 때 비누거품이 많이 나지 않는다. 액체비누로 샤워를 하면 피부가 거칠어지고 머리를 감으면 머리카락이 푸석해진다. 그래서 샤워 후엔 로션으로 몸을 보호해야 한다.

파리의 커피포트나 목욕탕 샤워기엔 석회가 만든 치석과 같은 물때 타르트르tartre가 하얗게 끼어 있다. 석회는 수돗물의 중금속 비소를 없애기 위해 필요한 물질로 물을 부드럽게 하고 중성으로 만든다. 이 석회가 포함된 물을 60도 이상으로 가열하면 칼슘이 응고된다. 당연히 물을 끓이는 포트 열선에 하얗게 끼고 그것으로 인해 에너지도 많이 소비된다. 목욕탕에서 쓰는 샤워기 역시 마찬가지다. 이럴 땐 포트에 식초를 넣고 끓이면 석회가 말끔하게 없어진다. 샤워기는 달리 방법이 없다. 석회를 없애는 세제를 사서 제거하거나 바꾸는 수밖에.

파리에선 대부분 집안에 식기세척기가 있다. 음식을 먹고 난 다음 남은 음식물을 처리한 후 식기세척기에 접시를 넣으면 된다. 그러면 세제의 힘으로 물때가 남지 않고 깨끗하게 씻긴다. 하지만 수돗물로 설거지할 때는 물때를 없애기 위해 항상 마른 행주로 닦아줘야 한다. 특히 와인 잔은 설거지를 한 후 마른 면 행주로 닦아줘야 하얀 물때가 생기지 않는다. 카페에서 앞치마를 한 셰프가 면 행주로 열심히 잔을 닦는 것을 자주 본다. 안 닦고 그냥 놔두면 물때로 얼룩지기 때문이다. 특히 지인들이나 식구들과 식사 후 디저트를 먹고 설거지를 하면 다른 한 사람은 싱크대에 기대 행주로 접시를 닦는다. 이렇게 이야기를 나누며 함께 보내는 시간이 참 좋다.

다시 비누 이야기로 돌아와서, 나는 샤워할 때 올리브 비누를 사용한다. 이 비누는 물, 올리브기름, 바닷물, 석회재를 섞어서 만든다. 슈퍼에서 파는 온갖 향기 나는 비누와 달리 올리브기름으로 만든 비누의 향은 텁텁하고 드라이한 올리브 향이 전부다.

시리아의 한 지역에서 만든 비누 중 사봉 드 알레포 savon de alep가 있다. 알레포는 시리아의 지역 이름이다. 이곳에서 만든 비누는 특별하다. 올리브와 월계수 잎을 넣어 만들었다. 이 비누는 십자군을 통해 지중해로 들어와 이탈리아 스페인을 거쳐 최종적으로 프랑스 마르세유로 들어오게 된다.

사봉은 프랑스어로 비누를 말한다. 사봉 드 마르세유 Savon de Marseille는 마르세유의 비누라는 의미다. 마르세유는 프랑스 남부에 위치하고 있다. 프랑스 남부는 올리브기름이 지천이고 바다의 소금도 지천이라 비누의 재료를 구할 수 있는 최고의 장소였다. 사봉 드 마르세유는 1371년 만들어지기 시작했다. 1688년에는 가짜가 많이 나오자 루이 14세가 칙령을 발표해 마르세유에서 나는 올리브기름으로 만든 것만 사봉 드 마르세유라고 이름을 붙일 수 있도록 했다.

　제2차 세계대전 후 싸고 향기로운 화학 비누가 생산되면서 이 비누는 세상에서 밀려난다. 그리고 카피 제품도 생겨나면서 사봉 드 마르세유는 사람들 기억 속에서 사라진다. 하지만 21세기에 들어서면서 친환경 마케팅과 피부에 좋다는 의사들의 추천으로 이 비누는 다시 살아난다. 특히 빨래 비누가 아이들의 알레르기를 없애고 면도할 때 자극이 없다고 소문이 나면서 부활한다. 당시 이 비누를 주목한 사람들은 일본 관광객들이었다. 목욕을 좋아하는 일본인들이 프랑스 여행에서 꼭 사가지고 가야 할 물건으로 손꼽았다.

　전통적인 방법으로 비누를 만드는 데는 정성과 시간이 필요하다. 가마솥에 올리브기름을 72퍼센트 정도로 채우고 나머지는 지중해 바닷물과 소디움 코코넛을 넣어 열을 가하면서 계속 저어준다. 그다음 모양을 잡고 자연 건조시켜 단단한 비누로 성형한다. 이 기간이 한 달이 걸리기도 한다. 19세기 말 20세기 초만 해도 전통적인 방법으

로 비누를 만드는 회사가 30군데나 있었으나 지금은 세 곳
만이 살아남았다. 현재 슈퍼에서 파는 사봉 드 마르세유는
기업화된 제품으로 전통적인 방법으로 만든 비누와는 비
교가 안 된다. 전통적인 방법으로 만든 사봉 드 마르세유
는 파리의 요일 장에서 어렵게 구할 수 있다.

한동안 전통적인 방법으로 만드는 사봉 드 마르세 유
비누를 쓰다가 동네 아랍 가게에서 올리브기름과 월계수
오일로 만든 알레포 비누를 발견했다. 가격은 3유로. 정육
면체의 고전적인 디자인으로 마치 손으로 만든 두부처럼
형태나 크기가 자연스럽다. 월계수
잎에서 추출한 오일과 올리
브기름을 8 대 2로 혼합해
만든 비누다.

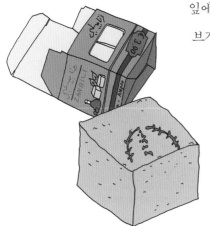

월계수오일은 모발
관리에 아주 좋은 오
일이다. 거품이 잘
일어난다. 향 또한
인위적으로 강하지

않다. 샤워를 하면 확실히 느낄 수 있다. 또 하나, 행주 삶을 때 최적의 비누다. 행주에서 향이 나면 그릇을 닦는 데 좋지 않다. 특히 와인 잔을 닦을 때는 이 비누로 삶은 행주가 최고다. 다른 향기가 와인 잔에 남지 않는다.

알레포 비누를 발견한 이후로는 이 비누만 쓰고 있다. 이제는 더 이상 내 몸에 맞는 비누에 대해 고민하지 않는다. 비누가 만들어내는 깔끔한 느낌이 좋다. 무엇보다도 향이 없는 것 같지만 은은한 올리브 향이 있어 좋다. 왜 지금에서야 이런 비누를 발견했을까 하는 생각이 들 정도다.

이 비누를 서울에 가지고 가서 친한 지인들에게 선물했다. 장황한 설명과 함께. 하지만 돌아온 반응은 사각의 비누처럼 딱딱했다.

"뭐, 그냥 빨래 비누네."

이 정도로 짧은 반응뿐이었다. 한 선배는 선물로 준 비누를 놓고 갔다. 고의적으로 놓고 간 것은 아니겠지만 좀 섭섭하기도 했다. 그 후로는 어느 누구에게도 이 비누를 권유하지 않고 있다. 주저리주저리 말이 많았지만 내가 하고 싶은 이야기는 결국 이거다. 이 비누에 대해 모르는 것이 아쉽다.

일요일 오후엔,
시작이 있는 풍경

주말이 되면 동네 성당 앞 비스트로에 간다. 처음엔 이 비스트로 이름이 왜 '에펠탑'일까 궁금했다. 나중에 이 비스트로가 에펠탑에서 정확하게 2킬로미터 떨어진 지점에 위치해 있다는 것과 에펠탑을 만들 당시 구스타브 에펠과 그의 팀들이 즐겨 찾았던 비스트로였다는 것을 알게 되었다. 이 비스트로의 옛 이름이 다름 아닌 '에펠탑 동지들'이라는 사실을 알았을 때 에펠탑과 이 카페가 직접적인 연결이 있다는 걸 확신했다.

이 비스트로는 몇 세대에 걸쳐 이어지고 있다. 얼마 전 공사를 했지만 페인트를 칠해 좀 깔끔해진 정도 말고는 과거와 변함이 없다. 주석으로 만들어진 바는 에펠이 다녔던 시절 모습 그대로다. 바를 받치고 있는 나무들 역시 몇 번의 니스 칠을 했을 뿐 그 당시와 달라진 게 없다.

이런 바를 단골로 다니다 보면 같은 시간대에 만나는 사람들과 친해지게 된다. 나는 토요일 오후 저녁을 먹고 들르거나, 일요일 오후 낮에서 밤으로 넘어가는 시간에 들러서 테라스에서 멍한 시간을 보냈다. 혹은 친구를 만나 화이트와인에 카시스 시럽을 넣은 키르 한 잔을 마시며 지나가는 일요일의 불안을 진정시키곤 했다.

A LA TOUR EIFFEL
BOISSONS PILOTE

	Bar	Salle
Express, Décaféiné	1,20	2,30
Bière Pression 25 cl	3,00	4,40
Bière Bouteille 33 cl	5,50	5,70
Ricard, Pastis 2 cl	2,80	3,30
Martini 5 cl	3,20	4,00
Eau Minérale 33 cl	3,70	4,70
Jus ou Nectar de fruits 25 cl	3,50	4,50
Sandwich Pâté, Jambon, Rillettes ou Emmental	3,80	/

친구를 만나는 시간대에 항상 오토바이를 타고 와 담배 한 대, 맥주 한 잔에 두꺼운 책을 읽는 파리지엥이 있었다. 매번 볼 때마다 같은 책을 읽고 있는 것이 신기해 하루는 말을 붙였다.

"무슨 책인가요?"

"중세시대의 역사책입니다."

"무지 두껍네요."

"내가 들고 다니는 것이 아니라 오토바이에 싣고 다니니…."

"매일 이 시간에 여기 와서 책을 읽죠? 단골이 여기 한 군데인가요?"

"아니죠. 몇 군데 단골이 있어요. 주기적으로 바꿔가면서 시간을 즐기죠. 책을 읽거나 머릿속을 정리하거나."

일요일 오후 혼자서 두꺼운 책을 보는 모습이 평화로워 보였다. 외롭다면 외로운 것처럼 보였지만 그것은 나의 판단일 뿐, 그에게는 충만한 시간이 아닐까? 대충 봐도 거의 700페이지 이상으로 보이는 책을 읽고 있는 그 자체가 일요일 오후 파리의 풍경을 만들고 있었다.

시간이 지나자 뒤 바에서 커플이 의자를 놓고 이야기

를 나누고 있는 모습이 보였다. 남자는 때 이른 검은 코트를 입고 있었고 여자는 화사한 드레스를 입고 있었다. 와인을 마시면서 뭔가 정겹고 사랑스러운 이야기에 몰입하고 있었다. 알아들을 수는 없지만 둘 사이에 사랑이 시작되는 분위기가 느껴졌다. 시작이 있는 풍경은 항상 아름답다. 특히 일요일 오후엔!

달다구리가 만들어준
특별한 시간

파리에서 지내다 보면 시내를 돌아다닐 기회가 없다. 매일 가는 곳은 카페, 지하철, 연구소, 슈퍼, 집이 전부다. 매일 마주치는 지하철 풍경. 지하 세계 속 풍경은 단조롭다. 다양한 파리지앵이 보여주는 표정들이 있지만 일상이라는 시선으로 바라보면 투명한 배경일 뿐이다. 버스나 트램을 타면 파리의 풍경을 볼 수 있지만 이 역시 마음이 준비되지 않으면 파리의 한 배경일 뿐이다.

에펠탑 근처에 살지만 에펠탑에 가본 지 오래됐다. 처음엔 에펠탑 근처를 뛰고 산책했다. 하지만 어느 순간 관광객의 시선이 피곤해졌다. 조용히 깊이 산책하고 생각하고 걷기에는 동네가 편하다. 산책로라고 특별한 것은 아니다. 굳이 특별한 점을 꼽자면 복작거리지 않는다는 거다.

파리에서 살면 파리에서 일어나는 일을 잘 모른다. TV를 안 봐서 그런 것도 있지만 나와 별 상관없다는 생각이 깔려 있어서 그럴지도 모른다. 아니면 허공을 응시하는 고양이의 시선으로 바라보기 때문일까? 카페에 놓인 신문을 보거나 친구들에게 얻는 파리의 정보가 전부다. 이런 정보만으로도 파리의 이방인으로서 살아가는 데 전혀 지장이 없다. 노동자들의 파업으로 지하철이 멈춘다거나, 미세먼지가 심해 버스나 지하철이 공짜라는 이야기, 버터 파동이 일어나 품귀 현상이 일어나고 있다는 이야기는 들으려고 노력하지 않아도 자연스럽게 알게 된다.

나와 상관없는 이야기들로부터 자유로울 수 있다는 것은 삶을 가볍게 만든다. 서울 소식도 그렇다. 가끔 한국 슈퍼에 가면 신문을 사서 보는데 서울의 정치 이야기는 재미없다. 하지만 파리에선 내 멋대로 자유를 누릴 수 있다. 이런 자유가 파리에서 사는 이방인이 가질 수 있는 특권이다.

파리에 대한 소식은 신기하게도 서울에서 친한 지인이 오면 알게 되는 경우가 많다. 그에게서 지금 핫한 파리의 얘기를 듣고 깜짝 놀라곤 한다. 어떻게 알았지?

달다구리를 좋아하는 지인이 있다. 어느 날 그 지인이 서울에서 디저트를 먹고 싶다고 주소를 가지고 왔다. '얀 쿠브뢰르, 137번가 파르망티에, 파리Yann Couvreur 137 avenue Parmentier, Paris.' 인터넷을 보니 지하철 공쿠르Goncourt역이다. 리파블리크Republique와 카날 생 마르탱Canal Saint Martin 사이에 있었다.

얀 쿠브뢰르는 지하철역에서 나오자마자 바로 보이는 코너에 자리 잡고 있었다. 우리는 오전 11시에 도착했다. 그곳은 화려한 과자에 심플한 느낌을 주기 위해 시크하게 디자인되어 있는 공간이었다. 심플하면서도 정갈하고 밝았다. 부산한 지하철 입구를 끼고 있지만 유리창 밖 파리의 모습과 대조를 이루었다. 그 동네 멋진 파리지앵들의 아지트처럼 보였다.

파리의 가게들은 동네 분위기에 따라 독특한 느낌을 가지고 있다. 샹젤리제와 리파블리크는 또 다르다. 샹젤리제는 반짝이는 구두의 앞 끝 느낌이라면 리파블리크는 컬러풀한 세무 가죽으로 만든 구두 느낌이라고 할까? 이런 다름이 파리를 만드는 것인지 파리가 이런 다름을 요구하는지 모르겠지만.

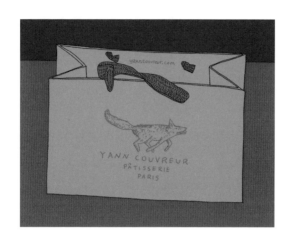

먹고 싶은 디저트는 밀 푀유-Mille feuille였으나 12시부터 팔기 시작한다고 했다. 하루에 50개만 판다고 했다. 기다리기로 결정했다. 학교 후문 냉면집 을밀대에서 기다린 적은 있지만 달다구리를 먹기 위해 기다린 적은 평생 처음이었다.

12시가 되자 주문을 받았다. 그 자리에서 만들어주고 테이크아웃은 할 수 없다. '즉석에서 예술처럼 만든 것을 즐겨라'는 의미다.

이 달다구리는 구름처럼 심플하고 솜사탕을 먹는 것처럼 가벼운 맛이었다. 각각의 재료가 살아 있고 입속에 넣

자 서로 이야기를 했다. 정식 이름은 밀 쾨유 아 라 바닐 드 코모르Mille feuille a' la vanille des comores다. 바닐라크림과 1000장의 잎으로 만들어진 코모로산 디저트라는 뜻이다. 코모로는 아프리카 대륙과 마다가스카르섬 사이에 있는 나라로, 정식 국명은 코모로 이슬람연방 공화국이다.

바삭바삭한 비스킷과 바닐라 크림만을 가지고 어떻게 이런 맛을 만들어낼 수 있을까? 가격은 10유로로 좀 비싼 편이지만 충분히 먹을 만한 가치가 있다. 하지만 매번 즐기기에는 부담스러운 가격임에 틀림없다.

얀 쿠브뢰르는 유명한 호텔 레스토랑에서 디저트 셰

프로 일하다가 자신이 하고 싶은 일을 하기 위해 이 가게를 차렸다. 이미 유명해진 그는 2014년 르베LEBEY 가이드에서 주는 올해의 디저트 상과 2016년 옴니보어Omnivore가 선정한 올해의 파티시에 상을 받기도 했다.

파리에는 자기가 잘하는 일을 정확히 알고 있고 그것 하나만을 열심히 하는 젊은이들이 많다. 이런 젊은 사람들이 파리의 문화를 만들어가고 있다. 얀 쿠브뢰르가 코모로 공화국의 바닐라에 대해 정확히 알고 있었기 때문에 밀 푀유 아라 바닐 드 코모르를 만들 수 있었다. 재료에 대한 정직한 이해, 그 핵심을 뽑아낼 수 있는 기술 그리고 창의성을 받아들일 수 있는 파리라는 분위기가 어우러져 디저트 하나가 탄생했다.

식사를 하고 달달한 디저트를 꼭 챙겨 먹기 시작한 것은 그리 오래되지 않는다. 아마도 5~6년 전부터가 아닐까. 당시에는 브르타뉴 연구소에서 일을 하고 있었다. 친구들과 점심을 먹고 나면 꼭 디저트를 챙겨 먹었다. 나는 디저트로 설탕을 넣은 요플레를 먹었다. 4유로 정도 하는 점심 샌드위치 세트 메뉴였다.

점심 샌드위치 세트는 파리보다 저렴했다. 메뉴로는 참치, 계란, 햄, 토마토, 양상추, 닭고기 등이 들어간 바게트 샌드위치와 치즈가 들어간 파니니가 있었다. 나는 주로 따뜻하게 데워서 나오는 파니니를 먹었다. 이 세트 메뉴는 오렌지주스, 페리에, 스프라이트, 콜라 중 음료 하나를 고를 수 있었다.

같이 간 다른 친구들은 디저트로 초콜릿 케이크를 먹었다. 그때는 '껄끄러운 바게트를 먹고 어떻게 저렇게 단것이 들어갈까?' 하는 생각을 했다. 그러면서 나는 밍밍한 요플레에 설탕을 꼭 넣어 먹었다. 설탕이 안 들어간 요플레보다 설탕이 들어간 요플레가 이상하게 입맛에 좋았다. 친구들이 요플레에 설탕을 넣어서 먹는 건 파리 스타일이라고 했다. 요플레에 들어간 설탕은 오후에 힘을 낼 수 있게끔 혈당을 올려주는 역할을 했다. 이렇게 먹고 연구소 주위를 산책하다 다시 일하기 전에 자판기에서 커피 한잔을 뽑아 마셨다.

요즘은 달다구리가 없으면 불안하다. 꼭 챙겨 먹게 된다. 달다구리를 먹는 즐거움을 발견한 것이다. 아마도 나이 쉰이 넘어서부터일까? 어렸을 적에는 할아버지가 사탕을 입에 오물오물 먹으면서 행복해하는 모습이 이해가 안 됐는데….

파리에 있으면 디저트를 꼭 챙긴다. 동네 빵집에서 사면 3~4유로 정도이고 전통 디저트 제과점은 6~7유로 정도 한다. 파리의 물가로 치면 결코 적은 액수가 아니다. 나쁘지 않은 와인 한 병이 3~4유로, 바게트 하나에 1유로, 쌀 1킬로그램에 1유로 정도이니 작은 돈이 아니다. 디저트를 매끼 챙긴다면 부담일 수 있다. 하지만 포기할 수 없다. 디저트 단맛에 들어 있는 알 수 없는 무언가가 힘을 내게 해준다.

나는 주로 동네 제과점에서 먹고 싶은 디저트를 한 번에 서너 개 정도 사 놓는다. 반쪽을 먹기도 하고 특별한 저녁에는 한 개를 다 먹기도 한다. 친지들이 오면 각자 하나씩 먹기도 한다. 둘이 먹는 경우에는 하나를 칼로 잘라서 반반씩 먹는다.

파리에는 전통 있는 살롱 드 떼Salon de tea*가 많다. 프랑

스인들은 고급스러운 분위기에서 티와 달다구리를 먹으며 이야기하거나 혼자서 시간을 음미하는 것을 좋아하기 때문이다.

파리 사람들은 마카롱으로 유명한 라뒤레Laduree를 살롱 드 떼로써 좋아한다. 라뒤레의 역사는 1862년으로 거슬러 올라간다. 루이 에르네스트 라뒤레가 파리 8구 루아얄 거리 16번지에 가벼운 카스텔라 형식의 빵을 파는 빵집을 열면서 시작되었다.

불이 난 후 새롭게 문을 연 라뒤레는 연극을 상연하는 공연장처럼 꾸며졌다. 포스터 디자인의 거장이자 화가인 쥘 셰레가 내부 장식을 했다. 매장 천장에 과자를 굽는 아기 천사가 그려지는데 이 그림이 라뒤레의 상징이 된다. 그리고 라뒤레의 색을 브랜드로 만든다. 금색과 어울리는 이 색을 어떤 색이라고 표현하기에는 애매하다. 조금 탁한 에메랄드색을 녹색이라고 표현하기에는 무리가 있다. 그냥 라뒤레의 이미지를 표현하는 색이라고 하면 될 것 같다.

라뒤레의 마카롱이나 일인용 디저트는 그냥 먹기에는 달다. 음식을 먹고 난 후 위를 잡아주기엔 조금 과하다. 하지만 티와 함께 먹으면 제격이다. 때로는 홀로 앉아 포크로

조금씩 잘라 먹으면서 가는 오후를 음미하면 완벽한 하루를 완성할 수 있다.

디저트가 만든 사랑스러운 시간인지 사랑스러운 시간이 만들어준 디저트인지 모르겠지만 디저트 하나로 함께 행복해질 수 있다는 것은 얼마나 행운인가! 내가 쉰 살이 넘어 디저트에 돌아온 이유다. 함께 행복한 시간을 즐기기 시작한 것. 뒤늦게 돌아온 것에 감사하고 있다.

이 신비한 맛의 정체는
아무도 모른다

파리에서는 뭔가를 구입할 때 줄을 설 각오를 해야 한다. 토요일 오후 슈퍼의 긴 행렬, 금요일 저녁 빵집에서 바게트를 사는 줄, 기차표를 사기 위해 번호표를 뽑고 앉아 기다리는 긴 행렬, 우체국에서 딸랑 소포 하나를 보내기 위해 무작정 기다리는 긴 줄, 미술관에 들어가기 위해 뱀처럼 길게 늘어선 줄. 이런 긴 줄을 서면서 '여기까지 와서 내가 왜…' 이런 감정에 슬퍼지기도 한다.

'절대로 이런 무모하게 긴 줄에 섞이지 않으리!' 이런 생각을 하지만 어느 순간 슈퍼에서 장바구니에 먹을 것을 가득 담고 돈을 내기 위해 기다리고, 우체국에서 소포를 찾기 위해 줄을 서고, 도장 찍은 서류 한 장을 받기 위해 기다리고, 기차표를 예매하기 위해 번호표를 뽑고 기다린다.

하지만 이런 기다림을 마다하지 않고 센강을 건너고 싶은 곳이 있다. 바로 생루이섬에 있는 아이스크림 가게! 그 아이스크림을 먹기 위해 긴 행렬도 두려워하지 않고 집을 나섰다. 시내에 일이 있으면 그곳에 가기 위해 일부러 발길을 옮긴다. 베르티용Berthillon 아이스크림!

이 아이스크림의 레시피는 아무도 모른다. 그래서 더 신비한 맛이 나는지 모른다. 레몽 베르톨레만이 아는 비밀 레시피로 만든 부드러우면서도 과일 향이 진한 아이스크림.

1954년 부르고뉴 지방 욘에 한 제빵사가 있었다. 처갓집에서 운영하는 CAFE-HOTEL이라는 바에서 일하다 늘 같은 파스티스와 붉은색 포도주를 따르는 일에 싫증을 느낀다. 그는 어느 더운 여름날 창고에서 버려진 냉동 터빈을 꺼내 손질한다. 4~5시면 학교를 마치고 집으로 무료하게 돌아가는 아이들을 위해 아이스크림을 만들기 시작한다. 이것이 이 아이스크림 가게의 시작이다. 당시에는 이런 작은 시작이 승리를 거둘 거라고는 어느 누구도 예견하지 못했다. 이탈리아도 아닌 파리에서 셔벗이라라니!

베르티용 아이스크림은 1963년 음식 잡지 「고엔미요 Gault & Millau」에 파리에서 가장 맛있는 아이스크림 집으로 소개된 이후로 하루에 1000리터의 셔벗과 아이스크림을 판매하고 있다. 지금도 변함없이 가장 클래식한 바닐라 아이스크림을 팔고 있다. 이 외에 그의 사위인 베르나르와 손주 리오넬에 의해서 새롭게 만들어진 아이스크림 종류만 해도 74가지에 이른다. 직접 청과물 시장에서 과일을 사와 껍질을 까고, 갈고, 온도를 민감하게 체크해서 아이스크림을 만든다.

서빙을 하고 주문받는 일 모두 가족들이 한다. 그래서 방학을 하는 8월에는 철저하게 문을 닫는다. 가족들의 삶에 방해가 되지 않도록! 주소는 '29-31번지 생루이섬 75004 29-31 rue saint louis en l'ile, 75004 Paris'다. 수요일에서 일요일, 아침 10시에서 밤 8시까지 문을 연다. 꼭 먹어야 하는 것은 진한 카카오 아이스크림, 복분자 셔벗, 럼과 건포도 바닐라, 밤 아이스크림, 사과 셔벗, 야생 산딸기 셔벗….

줄을 서도 후회가 밀려오지 않는 곳. 줄을 서서라도 가고 싶은 곳. 파리에서 이곳 딱 하나다!

포트의 존재감

멋진 알루미늄 포트를 가지고 있다. 이 포트를 보면 어떻게 만들어졌을까 생각하게 된다. 망치로 한 땀 한 땀 두드려 만들었을 이 포트. 쓰임을 생각해보면 물을 따르는 입구만 신경 써서 만들면 되었지만 도자기 형태처럼 중간을 잡아주고 한 방울도 물이 튀지 않게 주둥이를 만들었다. 주둥이의 모양 역시 간단한 곡선이지만 나팔꽃 모양이다. 왜 이런 모양으로 만들었을까? 이런 형태가 최적이었을까? 손잡이 역시 곡선이다. 손잡이를 붙인 리벳이 평생 떨어질 것 같지 않게 몸통과 일체를 이루고 있다. "잘 만들었네" 하는 말이 저절로 튀어나온다.

얇지 않은 두께가 이 포트의 존재감을 더한다. 몇 번을 떨어뜨려 파였지만 전체적인 포트 모양에는 이상이 없다.

벌집 형태를 모방한 육각형의 패턴이 이런 형태를 더 보호하고 있다.

바닥이 약간 그슬려 있고 포트의 안쪽은 딱딱하게 굳은 석회질로 둘러싸여 있다. 얼마큼의 세월이 흘러 이런 화석 같은 석회질이 생긴 걸까? 이 포트를 사용한 사람은 굳어진 석회질이 알루미늄의 산화를 방지한다는 걸 알고 있었을까? 깨끗하게 청소해서 쓰는 것이 더 나쁘다는 걸 알고 있었을까?

물건이 주는 존재감은 사람이 주는 존재감과 같다. 물건 그 자체 모양에서 우러나오는 이야기가 있다. 분명한 건 잘 만들어진 물건에는 만든 사람의 마음이 고스란히 담겨 있다는 거다.

굳이 말하자면 물건을 컬렉션하는 게 오랜 취미 중 하나다. 그중에서 그냥 지나칠 수 없는 아이템

이 있다. 포트다. 도자기, 플라스틱, 유리, 알루미늄… 재료가 무엇이든 포트만 보면 갖고 싶은 욕망을 절제할 수 없다. 그 이유가 뭘까? 얼마큼 모아야 만족할까?

지금까지 모아온 포트들은 같은 모양이 하나도 없다. 다른 모양의 포트를 모아놓으면 각각의 포트가 서로 다른 매력을 내뿜는다. 언젠가는 꼭 내가 모은 포트를 한꺼번에 모아 전시를 하고 싶다. 아마 그때 포트 컬렉션이 완성되지 않을까?

제2의 피부를 샀다

원색의 코발트색 건물들과 청명한 하늘, 아프리카의 건강한 녹색 식물들. 수천 년을 이어온 시장 수끄. 그 시장 속엔 변함없이 수천 년을 이어온 베르베르족의 문화가 고스란히 담겨 있다. 유리, 금속, 도자기, 옷, 염료, 천, 식품, 보석, 향신료, 올리브, 카페트, 신발. 이런 물건들이 두 사람이 간신히 지나갈 수 있을 정도로 좁은 골목에 놓여 있다. 사실 북아프리카 모로코는 프랑스 문화 영감의 원천이다. 이런 골목을 짐을 가득 실은 노련한 노새가 한 치의 부딪침 없이 지나다닌다.

골목골목마다 뭔가를 만들고, 옮기고, 흥정하고, 팔고, 사고 있다. 평범한 시장의 풍경이다. 골목을 들어서는 순간 살아 있는 곳으로 들어왔다는 느낌이 든다. 그리고 그 풍경이 나를 흥분시킨다. 현란한 원색의 색감, 빠른 움직임. 마치 다른 우주로 빠져든 것 같은 느낌이다. 골목은 다른 차원의 공간으로 이동하는 통로다. 이국적 풍경과 색감, 향기가 있는 레몬색, 다른 차원의 코발트블루, 모든 빛을 모아야만 만들어지는 흰색, 모든 색을 혼합해야만 만들 수 있는 검정.

그 속에서 발견한 물건이 있다. 굽도 없는 수제 가죽 슬리퍼. 딱딱해서 이걸 어떻게 신지 하면서 망설이며 샀던 슬리퍼가 이제는 없으면 안 되는 물건이 되었다. 제2의 피부라고나 할까?! 이 슬리퍼를 온종일 신고 다니는 사람들을 처음 봤을 땐 '답답하지 않을까? 땀이 차지 않을까? 벗겨지지 않을까?' 하는 생각이 들었지만 신어보니 이건 물건 중에 물건이었다. 처음엔 가죽 냄새가 나지만 금방 사라진다.

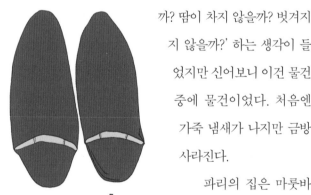

Babouche,

파리의 집은 마룻바닥과 타일 바닥으로 되

어 있다. 부엌은 타일이고 복도와 침실은 마룻바닥이다. 파리는 집안에서 신발을 벗지 않는 사람들도 있지만 요즘은 대부분 집에 들어가면 슬리퍼로 갈아 신는다. 난방이 잘 안되는 추운 겨울엔 털로 된 덧신을 신는다. 이런 슬리퍼는 때가 타거나 땀이 찬다. 하지만 바부슈Babouche라고 불리는 이 슬리퍼는 그렇지 않다. 이상할 정도로 땀이 차지도 않고 냄새도 나지 않는다.

바부슈는 여러 모양과 문양이 있다. 모로코 산악 지방에서 생활하는 베르베르족은 앞이 둥근 모양의 바부슈를 신고, 도시에 사는 사람들은 뾰족한 모양의 바부슈를 신는다. 천연 염료로 만드는데 색이 다양하다. 모로코의 전통 천연 염료 기술의 끝을 보여준다.

겨울, 파리에 가면 항상 이 바부슈를 신는다. 여름엔 맨발의 감촉이 좋아 신지 않는다. 하지만 겨울엔 과장된 이야기 같지만 바부슈가 없으면 속옷을 입지 않은 것처럼 불안하다. 파리의 다락방에서는 바부슈가 없는 겨울을 상상할 수 없다. 바부슈를 벗는 순간 파리의 여름이 온다. 모로코 마라케시의 감촉. 이국적 풍경을 신고 있다는 자체가 존재감을 갖는다.

다른 이야기지만 이브 생 로랑이 지구를 떠난 지 벌써 많은 시간이 지났다. 최근 파리 서점에서 이브 생 로랑의 동반자 피에르 베르제가 쓴 『이브 생 로랑과 열정의 모로코』라는 책을 보았다. 피에르 베르제 역시 지금은 지구에 살고 있지 않다. 표지에 그려진 이브 생 로랑의 그림이 매혹적이었다. 이 두 남자에게 모로코는 어떤 곳이었을까?

모로코에 머문 적이 있다. 마라케시 자말 엘프나 광장에서 나는 천년을 이어온 문명의 시작과 끝의 정점에 있다는 느낌을 받았다. 끝없이 움직이는 것들 사이에서 절대의 것에 순응하라는 메시지가 이슬람 사원의 종소리와 함께 맴돌았던 기억이 새롭다.

모로코 마라케시의 자말 엘프나 광장 근처에는 이브 생 로랑과 그의 동성 연인 피에르 베르제가 함께 지냈던 마라케시 별장이 있다. 그 별장 이름은 마조렐 정원이다. 화가 자크 마조렐이 만든 정원을 그들의 별장으로 사 들였다.

베르제의 인터뷰 기사가 생각난다. 그는 어떻게 이브 생 로랑을 추억했을까? 베르제는 "서커스의 천막은 내려

졌고 나 혼자만이 기억의 가방을 들고 서 있다"라고 이브의 부재를 이야기한다. 그러면서 그는 아직도 살아 생전 이브에게 하지 못한 말들을 편지에 쓰고 있다고 했다. 베르제 당신에게 지금 현재 가장 부족한 것이 무엇이냐는 기자의 질문에 그는 이렇게 대답한다. "멋진 예술작품이나 압도적으로 아름다운 풍경 앞에서 '이걸 봐봐'라는 말을 할 사람이 곁에 없다는 것."

그에겐 유명한 디자이너이자 유능한 콜렉터로서의 이브가 사라진 것보다 삶의 열정의 순간을 공유했던 존재의 부재가 가장 큰 슬픔이 아니었을까? 이 두 남자의 애잔한 사랑이 깊이 다가오는 이유는 단지 그들의 특별한 삶 속에만 있지는 않다. 추운 겨울 빨간색 바부슈를 맨발로 신고 열린 창문으로 밖을 바라볼 때 드는 생각의 한 단편이다. 바부슈와 사랑이 무슨 연관이 있는지 모르겠지만.

세상은 이렇게 고독하지 않다

30대 이후부터 새로운 친구를 사귀기가 힘들어졌다는 생각이 든다. 친구의 범위를 너무 한정적으로 구분 지어서 일까? 아니면 친구라는 카테고리를 내 자신 스스로 한정시 켰기 때문일까? 아니면 말랑말랑했던 심장이 굳어졌기 때 문일까? 좌우지간 이런 생각을 하기 시작하면서 나는 더 고독에 무뎌졌던 것 같다. 한편으로는 그러면서 내가 만날 수 있는 친구들이 더 소중해졌다. '친구'라는 것은 내 의지 로만 되는 것이 아니라, 운명적인 요소가 있어야만 되는 것 이 아닐까 하면서.

30대를 거의 외국에서 보냈다. 파리에도 있었고 아르 메니아에서도 지냈다. 일본에서는 7년의 시간을 보냈다. 일본에 있는 동안 많은 일본인 친구들이 있었지만 지금까지 계속해서 만나는 친구는 몇 명밖에 없다. 그 한 명의 친구, 기무라 타쿠미 상은 스물한 살에 만났던 친구다. 지금도 자주 연락하고 일 년에 몇 번은 꼭 만나는 친구다. 친구 이전에 가족과 같은 존재다.

기무라 상 외에 일본에서 가깝게 지냈던 이들은 함께 교수직에 있는 사람들이다. 그 밖에 함께 지냈던 친구들은 이제 쉽게 볼 수 없게 되었다. 물리적 거리가 자연스럽게 사이를 멀어지게 만들었다. 그 친구들은 페이스북으로 만나고 있다. 온라인상으로 서로를 확인하고 만나는 일이 삶에 어떤 의미를 갖는지는 아직까지 정의하지 못하고 있다. 그저 페이스북으로나마 그들의 생각을 읽고 그들의 모습을 보는 것을 다행으로 생각하고 있다. 경계가 없는 이런 가공의 세계마저 없었다면 어찌 그들의 존재를 느낄 수 있을까?

프랑스 친구들 역시 친한 사람들이 많다. 연락이 되면 카페에서 만나 이런저런 이야기를 하고 뭔가를 부탁한다든가 조언을 듣는다. 특별히 '친한 친구'라는 카테고리에 들어가는 사람은 제랄이다. 같은 물리학을 공부하고 있고, 같은 분야의 연구를 하고 있고, 함께 논문도 쓰고, 페이스북을 통해서 자주 서로를 확인하는 사이다. 중요한 것은 일 년에 한두 번은 꼭 같이 몇주 동안을 함께 보낸다는 점이다.

내가 프랑스에 가면 그의 집에 가서 묵고 그가 서울에 오면 내 집에서 묵는다. 내가 더 자주 그의 연구실을 방문하지만 한 번씩 번갈아가면서 서로의 집을 방문해 함께 지낸다는 점에서 약속 같은 우정을 유지하고 있다.

그는 낭트대학에서 30분 정도 거리에 있는 브르타뉴 지방 작은 마을에서 산다. 그의 집은 3층으로 이뤄져 있는데 1층엔 제랄이 살고, 2층엔 셋째 아들이 살고, 3층 다락방엔 내가 산다. 1층엔 TV와 책장이 있는 응접실, 화장실, 목욕탕, 식탁과 부엌이 있고, 부엌과 연결된 야외 테라스가 있다. 그리고 사냥개 한 마리가 정원을 지키고 있다.

제랄은 몇해 전 부인을 병으로 잃었다. 그는 세 명의 아들이 있고 두 명은 결혼을 했다. 얼마 전 큰아들은 딸을 낳았으나 이혼을 했다. 둘째도 이혼을 했다. 막내는 제랄과 같이 살고 있다. 가족사의 내면을 자세히 들여다볼 이유는 없다. 현재 모습이 가족의 최선이다. 한 가지 더, 현재를 굳건하게 받쳐주는 사람들을 보는 것, 그것으로 충분하다.

제랄은 얼마 전까지 여자친구였던 나딘과 정식으로 혼인신고를 했다. 나딘의 집은 제랄의 집에서 10분 정도 거리에 있다. 각자의 집에서 결혼 생활을 하고 있다. 일주일에 몇 번은 제랄의 집에서 함께 밥을 먹고 주말엔 수영장이 있는 나딘의 집에서 보낸다. 나딘 역시 한 명의 아들이 있다. 주말에는 가끔 두 가족이 나딘의 집에 모여 함께 요리를 하고 와인을

마시고 수영을 하면서 하루를 보낸다.

나딘의 집 주위에는 멋진 친구들이 많이 산다. 오후 5시 퇴근 후 나딘의 수영장에서 로제와인을 마시다 보면 동네 사람들이 수시로 찾아온다. 그러다 보면 자연스럽게 서로 친구가 된다. 친구가 되면 그 친구가 다시 집에 초대해서 함께 식사를 하고, 물 흐르듯 우정이 이어진다. 서울로 돌아온 후에도 우정을 연결해주는 것이 페이스북이다. 몇 개월 만에 만나도 전혀 어색함 없이 대화를 나눌 수 있게 해주는 세계.

"거긴 어땠어?"

"너무 좋던데. 같이 한 번 가보자!"

세상은 이렇게 고독하지 않다.

감자 퓌레와 그 시절 이야기

감자 퓌레를 처음 먹은 것은 30년 전이다. 그때는 파리의 국제대학촌에 자주 갔다. 그 기숙사에 친구가 살고 있었다. 그 안에 식당이 있었는데 값도 싸고 일주일에 한 번 스테이크가 나왔다. 스테이크가 나온 날이면 친구들과 서둘러 식당으로 몰려갔다. 일주일에 한 번 스테이크를 먹는 것은 당시 유학생으로서 놓칠 수 없는 중요한 일정이었다.

스테이크와 함께 퓌레가 나왔다. 푸석한 바게트, 스테이크, 녹색 콩 아리코 베르와 함께 나왔다. 퓌레는 부드럽고 고소하기도 하고 스테이크와 함께 먹으면 입안에서 고기와 어우러져 살살 녹았다. 이전에 경험해보지 못한 이국적인 식감이었다. 아마 버터 맛 때문이었을 거다. 다 먹고 난 뒤에도 스테이크 소스와 뒤섞인 채 남겨진 퓌레 소스를

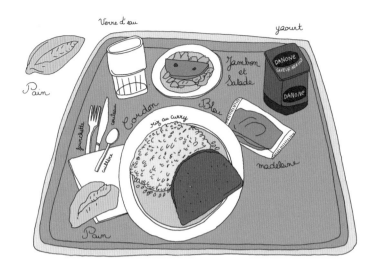

바게트로 끝까지 닦아 먹었던 기억이 생생하다.

퓌레는 으깬다는 의미다. 수프에 들어간 야채들이 이미 으깨진 상태지만 좀 더 끈적임을 주기 위해 감자를 으깨서 걸쭉하게 만들어 먹은 게 퓌레 요리의 시작이다. 18세기에는 콩 종류들을 으깨서 사이드 메뉴로 먹었다. 좀 더 소화가 잘되도록 야채나 견과류의 껍질을 제거한 후에 으깨서 수프 퓌레를 만들어 먹었다. 요즘은 다양한 퓌레를 먹는다. 당근, 호박, 브로콜리, 아티초크 ….

수프처럼 뻑뻑하지도 않고, 그렇다고 국물처럼 흐르지도 않은 그런 퓌레를 먹기 시작한 것은 프랑스혁명 이후다. 감자가 프랑스에 보급되면서 감자 퓌레가 만들어지고 그에 따른 도구들이 만들어지면서 감자 퓌레는 국민 요리가 되었다.

요즘은 뜨거운 물만 부으면 먹을 수 있는 가루 형태의 인스턴트 제품이 있다. 그 종류도 어마어마하다. 요즘 학교 식당에서 나오는 퓌레는 아마도 인스턴트 퓌레가 아닐까 싶다. 매일 맛이 똑같다. 퓌레는 직접 만들어 먹어야 제맛이다. 갓 구운 스테이크와 함께 손수 만든 퓌레를 먹으면 그 맛이 환상적이다.

퓌레를 만드는 부엌 도구는 보통 나무 손잡이와 그릴로 연결이 되어 있고 끝부분은 지그재그 모양이다. 감자 퓌레를 일주일에 한 번 이상 먹는 프랑스 사람들에게 이 도구는 주방의 필수품이다. 그 모양도 다양하다. 믹서기가 있는데 왜 아직까지 손으로 감자를 으깨는 도구가 사라지지 않은 걸까? 전동 모터로 완벽하게 갈아놓은 감자보다는 적당히 으깨진 퓌레가 식감이 더 좋기 때문이다.

퓌레는 여름보다 찬바람이 부는 계절에 잘 어울린다.

점심보다 저녁에 어울리고, 화이트와인보다 레드와인과
궁합이 잘 맞는다.

한 사람은 브르타뉴의 질 좋은 송아지 고기와 브르타
뉴의 버터 그리고 브르타뉴의 게랑드 소금으로 스테이크
를 굽고, 또 한 사람은 감자 퓌레를 만든다. 깍둑썰기를 한
감자에 소금, 후추, 통마늘, 양파를 넣고 삶은 다음 물을 따
르고 버터를 넣고 감자 으깨기로 으깬다. 이때 양파와 마늘
은 뺀다. 김이 솔솔 나는 감자와 함께 녹은 버터가 으깨지

면서 나는 냄새는 마치 흰쌀밥과 같다. 흰쌀밥에 버터를 넣었을 때 나는 향기. 묽지도 않고, 퍽퍽하지도 않은 질감의 감자 퓌레를 만드는 것은 노하우가 필요하다. 이 노하우의 '맛'에 감동이 있다. 이 '맛'은 잊을 수 없는 할머니의 맛일 수도, 어머니의 맛일 수도 있다. 하여간 평생 기억되고 그리워지는 맛이다. 나에게는 국제대학촌 기숙사 식당의 퓌레 맛이 그렇다.

요즘도 국제대학촌 기숙사 식당에서 일주일에 한 번씩 스테이크를 내놓는지 모르겠다. 스테이크가 나오는 날 "야 가자! 늦었다!" 하면서 뛰어가던 그 시절의 이야기다.

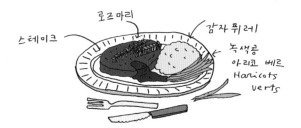

로즈마리
스테이크
감자 퓌레
녹색콩
아리코 베르
Haricots
verts

브르타뉴의 일요일 아침

일요일 아침의 가장 멋진 풍경은 그늘 아래에서 로제 와인을 한 잔 놓고 휴일의 공기를 느끼는 게 아닐까? 아무런 생각 없이 각자 편하게. 어제 너무 늦어서 나딘의 집에서 잤다. 먼저 일어난 제랄이 거실에서 로제와인을 앞에 놓고 늘 목에 걸치고 다니는 안경을 끼고 조용히 신문을 보고 있다. 옆에는 강아지가 졸린 눈을 하고 고개를 땅바닥에 대고 있다. 나딘은 이층 자신의 방에 있다. 풀장에 넘쳐흐르는 조용한 물소리만 빼면 아무런 소리도 들려오지 않는다. 브르타뉴의 일요일 아침, 세상이 서로에게 준 각자의 시간을 보내고 있다.

시간을 보내는 것도 아니고, 시간을 쓰는 것도 아니고. 현재의 시간이 풀장을 넘쳐흐르는 물소리처럼 흐르고 있다. 마치 진공 속에서 깃털이 낙하하는 것처럼 시간이 천천히 떨어지고 있다.

난 의자에서 눕다시피 편안하게 앉아서 책을 본다. 항상 가방에 에쿠니 가오리의 소설책을 넣고 다닌다. 그녀의 소설은 나에게 위안과 공감, 상상력, 생소하지만 이내 익숙한 곳이 되어버린 지명들을 일깨워준다. 소설 속 동네의 지명이 나오면 그 동네의 골목이 떠오른다. 일본 지방의 도시 역시 내가 한 번은 지나친 동네들이 많다. 소설 속 음식도 그렇고.

인쇄된 흑백의 활자를 읽는 즐거움, 인쇄된 활자를 들춰보는 즐거움, 한 장 한 장 읽을 때마다 페이지가 줄어드는 아쉬움. 머리가 복잡하거나 반대로 머리가 텅 빈 상태에서 뭔가 해야 할 일이 밀려오기 시작할 때, 쉬고 싶은 마음이 들 때는 에쿠니 가오리의 소설책을 펼친다. 책장에 모아놓은 그녀의 모든 책들. 몇 번씩 읽은 책들이지만 어느 책이든 빼드는 순간 새로워진다. '내가 뭘 읽었던 거야.' 이런 생각이 들면서.

간간이 건조한 바람이 분다. 한여름, 햇볕 아래에 있어

도 덥다는 느낌이 없다. 습기가 없는 여름 바람 때문일까? 더운 바람도 아니고 그렇다고 시원한 바람도 아니고. 피부에 닿으면 잘 마른 뽀송뽀송한 이불을 덮는 느낌이다. 브르타뉴의 일요일 아침은 이렇다.

"딱 딱 딱" 나딘이 나무 계단을 내려오는 소리에 일요일 오전이 끝난다. 이제부터는 점심시간이다. 머리를 산뜻하게 만들어줄 점심 요리는 무엇일까? 쉽게 결론이 난다. 뒷마당에서 자라고 있는 로즈마리로 만든 파스타다. 제랄이 하늘로 뻗친 뒤뜰의 로즈마리를 가위로 한 움큼 잘라온다.

로즈마리의 쓸모는 다양하다. 돼지고기에는 기본이고 닭고기, 소고기, 특히 양고기엔 꼭 필요한 향신료다. 생선 요리에 넣어도 좋고, 토마토를 넣은 수프에 넣으면 뇌에 독특한 향미를 가져다준다. 소시지, 햄 구이나 찜 요리, 과자, 비스킷, 난, 빵 어디에나 어울린다. 야외에서 먹는 바비큐 요리를 할 때, 고기를 프라이팬이나 직화로 구울 때, 감자구이를 할 때도 맛을 풍성하게 해준다. 로즈마리가 통하지 않는 요리가 없다. 하지만 주의할 점은 로즈마리 자체의 맛과 향이 강해 양을 잘 조절해야 한다는 거다.

마늘과 로즈마리. 개성 강한 풍미를 가진 허브다. 하지만 적당히 사용하면 멋진 조화를 이룬다. 로즈마리와 마늘을 갈아 버터와 함께 빵에 발라 구우면 이국적이고 독특한 풍미를 뿜어낸다. 버터와 마늘, 로즈마리, 빵의 조합이 만들어낸 맛은 잊지 못할 정도로 조화롭다. 하지만 이런 독특한 조합을 소화하지 못하는 사람들도 있다. 각자의 취향이다. 그건 그렇고, 또 한 가지 더 잊을 수 없는 조합이 있다면 알리오올리오 스타일의 파스타와 로즈마리의 조화다. 로즈마리 향과 마늘 향이 버터와 함께 버무려지면 프로방스 여름의 맛을 만들어낸다.

만드는 방법도 간단하다. 재료는 마늘, 로즈마리, 버터 그리고 파스타 면이 전부다. 마늘 한두 개를 곱게 다진다. 로즈마리를 칼로 살짝 다진다.[*] 향이 배어나올 정도로만 다져준다. 너무 다지면 떫은맛이 난다. 마늘과 로즈마리를 다지는 것은 얼마큼의 향을 만드느냐에 따라 양이 달라지지만 개인의 취향에 따라서 조절하면 된다. 항상 그렇듯 과하지 않는 것이 좋다. '약간의 부족함이 최선이다'라는 걸 잊

---

[*] 허브는 바질 외에는 믹서기로 갈지 않아요!

어서는 안 된다. 프라이팬에 버터를 녹이면서 마늘과 로즈
마리, 후추와 소금을 살짝 넣는다. 파스타의 향을 만든다는
기분으로 소스를 만든다. 섬세하게 불 조절을 하면서 면을
넣고 버무린 다음 파르메산 치즈를 넉넉하게 넣으면 완성!

로즈마리는 라틴어로 '바다marinus의 이슬ros'이라는 뜻이다. '바다의 이슬'이라는 의미가 무엇일까? 지중해 바닷바람이 건조한 땅과 만나 만들어진 이슬. 이것이 로즈마리의 향일까? 이슬이 만든 향.

결론에 도달할 수 없는 로즈마리 향과 파스타 그리고 프로방스의 로제와인, 졸졸졸 흐르는 물소리와 풀. 여름이 이렇게 로즈마리 향처럼 지나가고 있다.

베트남 쌀국수 포의 충격

프랑스에서 중국 시장으로 장을 보러가는 가는 날은 베트남 국수를 먹는 날이다. 베트남 국수를 먹기 위해 시장에 간다는 표현이 더 알맞다. 어쨌든 장바구니를 들고 중국 시장으로 장을 보러 가는 일은 파리 생활에서 특별한 외출 중 하나다. 시골 아낙이 장날을 기다리는 마음이랄까?

집을 나서기 전 이미 동선도 정해놓는다. 장을 보기 전 단골 베트남 쌀국수 집을 먼저 들른다. 짐 없이 가벼운 마음으로 즐기기 위해서다. 내가 가는 단골 베트남 쌀국수 집은 30년 전에 처음 경험해본 곳이다. 파리에 처음 와 어리바리한 상태에서 "기진아 쌀국수 먹으러 가자!" 하면서 선배가 데리고 간 곳이 이 집이다. 그 전날 와인을 많이 마셔서 해장이 필요한 날이었다. 그날의 맛을 잊을 수 없었다.

태어나 처음 먹어본 베트남 쌀국수가 이렇게 속을 시원하
게 해줄 수 있다니! 먹는 순간 술이 깨는 환상적인 일까지!
어쨌든 첫 경험의 감동을 잊을 수 없다.

　음식은 여러 번 먹으면서 맛이 익숙해지기도 하지만
한 순간 한 번에 빠지기도 한다. 생숙주와 민트 잎, 정신이
바짝 들 정도로 입이 얼얼한 매운 고추를 파리에서 먹을
수 있다니! 파리에서도 속을 풀 수 있는 국물을 먹을 수 있
다는 사실에 충격까지는 아니지만 음식에 대한 지평이 넓

어졌다.

"아 세상 사람들은 이렇게 다양하게 음식을 먹고 있
구나!"

식당 간판엔 레스토랑 베트나미안Restaurant Vietnamien
과 포PHO가 적혀 있다. 쌀국수 포는 닭과 돼지갈비로 국물
을 낸 수프 드 베르미셀 드 리 드 라 매종soupe de vermicelles de
riz de la maison으로 가격은 7유로 50이다. 국수를 시키면 함
께 레몬과 숙주가 나온다. 그다음 월남 춘권 넴Nem을 주문
하면 소스와 함께 민트 잎과 양상추가 나온다. 요청하면 메
뉴에는 없지만 쌀국수 국물을 만들 때 넣은 돼지 갈비뼈와
국물을 사발에 내준다. 이건 특별히 이야기를 해야 주는 서
비스다.

국물엔 특별한 향신료가 들어간다. 정향, 고수씨, 회향
씨, 계피, 팔각, 검정 카르다몬이 들어간다. 코를 대고 향을
음미하면 동남아시아의 이국적인 풍경이 그려진다. 향기
와 냄새라는 단어가 있지만 향이라는 단어는 냄새보다 가
볍고 더 먼 곳까지 도달한다. 이 향신료가 고기 냄새를 부
드럽게 한다. 시원한 국물도 국물이지만 국물에서 살포시

피어오르는 향신료의 향이 이 베트남 쌀국수의 핵심이다.

　김이 피어오르는 포에 통통한 숙주를 가득 채워 넣고 식초에 절인 작은 녹색고추 삐리삐리를 넣는다. 그리고 반쪽으로 잘라진 레몬을 짜서 넣는다. 이 레몬이 국수 맛을 잡아준다. 처음에는 소스를 넣지 않은 국물과 국수, 숙주, 얇게 썬 고기를 먹는다.

　반쯤 먹고 나면 포가 국물을 머금고 살짝 부풀어 있는

상태가 된다. 이때 매운 소스를 넣는다. 두 가지 고추장 소스가 있다. 하나는 타이 고추를 가지고 만든 것이고 하나는 세계에서 가장 매운 마르티니크 고추로 만든 페이스트다. 조금만 넣어도 충분히 맵다. 나머지 숙주를 다 넣고 고추장 소스가 녹아 들어간 국물에 쌀국수를 먹는다. 그리고 넴을 먹는다. 양상추 사이에 넴을 넣고 민트 잎을 뜯어 넣은 후 달콤한 소스를 찍어 먹는다. 이때 쌈에 삐리삐리 고추를 하나 넣어 먹으면 금상첨화다. 입속은 그야말로 화산 대폭발이 이루어지지만 민트 잎이 어루만져주고, 빠삭한 넴이 그 기운을 씻어준다.

민트 잎이 부족하거나 레몬이나 숙주가 부족해서 더 달라고 해도 가져다준다. 포 국물을 더 달라고 할 때는 "컴 라 수프 에 트레 본느 즈 르프랑 앙 볼comme la soupe est tre's bonne je reprend un bol!"*이라고 말을 한 다음 "실 부 플레s'il vous plait"와 "메르시 보쿠merci beaucoup"라고 감사의 말을 하면 된다.

베트남 쌀국수는 따로 먹는 기술이 있다. 작은 고추 삐

---

* 국물이 너무 맛있어서 안 시킬 수가 없다는 말이지요!

리삐리를 먹을 때는 혀를 사용하면 안 된다. 혀로 먹게 되면 혀가 마비되고 쓰린 매운 맛에 쌀국수 본연의 맛을 느끼지 못할 수 있다. 그래서 어금니를 이용해 깨물어 먹어야 한다. 이 기술은 쌀국수 집에 처음 와 선배에게 배운 고급 기술이다. "어금니로 먹으면 절대 안 매워!" 맵지만 그래도 고추 맛을 느낄 수 있다. 고추가 터지는 순간의 고추 맛!

쌀국수를 먹고 난 다음 커피를 마실 수도 있지만 커피는 쌀국수와 어울리지 않는다. 쌀국수가 만든 열기와 시원한 여운을 금방 잊게 만든다. 그래서 꼭 필요한 디저트가 있다. 중국 롤카스텔라다. 일본의 카스텔라, 한국의 카스텔라와는 다른 맛이다. 중국 롤카스테는 계란찜처럼 치밀하고 부드러운 카스텔라의 질감과 무디게 느껴지는 하얀 크림이 압권이다. 입에 넣자마자 사르르 녹는다. 이 빵은 일명 롤케이크다. 부드럽게 만드는 일본 스타일의 카스텔라가 아닌 조밀하면서 빡빡한 질감을 가진 빵에 버터크림이 충실히 감겨 있다. 촌스러운 맛이지만 순수한 빵이라는 생각이 든다.

유행에 따라 카스텔라가 공기처럼 가벼워지고 크림이 더 두껍게 발라졌지만 이 중국 롤케이크의 맛은 처음 맛본

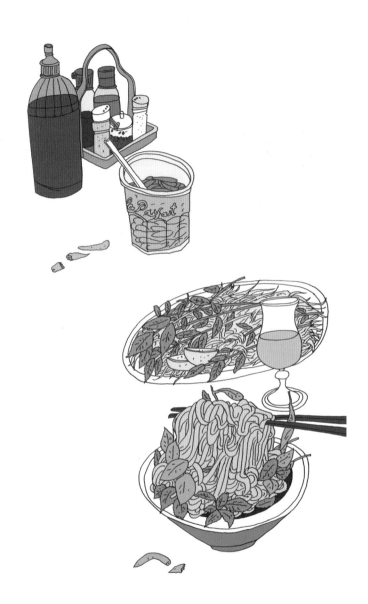

그대로다. 마치 머드크림 같이 둔탁하고 무겁게 씹히는 크림 맛 역시 예전과 똑같다. 이 롤케이크도 선배에게서 배웠다. 벌써 30년이 되어간다. 내가 가진 추억에서 30년이 지나고 앞으로 더 30년이 지난 다음엔 이 중국식 롤카스텔라는 어떻게 변해 있을까? 아마도 변함없이 차이나타운에 남아 있지 않을까? 내 의지대로 되지 않는 바람이지만.

요즘 파리에는 우동집과 라멘집이 많이 들어서고 있다. 일본을 여행한 프랑스 사람들이 주로 이곳을 찾는다. 이렇듯 음식도 여행을 한다. 프랑스 사람들이 뜨거운 우동과 라멘 국물과 국수, 일본 된장의 맛을 즐기는 시대가 되었다. 파리 시내 오페라에는 유명한 일본 우동집이 있다. 그 우동집은 예전이나 지금이나 파리지앵들과 동양 사람들로 북적인다.

얼마 전 프랑스에서 한국 식당에 초대되어 간 적이 있다. 옆에서 소주에 삼겹살을 구워 먹는 프랑스 사람을 봤다. 삼겹살을 어떻게 먹게 되었느냐고 물어보니 드라마에서 봐서 한번 먹어보고 싶었다고 했다. 그러면서 "누르튀르 프래슈nouriture fraiche"*라고 말한다. 그 옆에는 중국인 관광객들이 삼계탕을 먹고 있고 또 그 옆에는 파리지앵들이 돼지불고기 백반을 먹고 돌솥비빔밥을 수저로 박박 긁어 먹고 있는 모습이 보였다.

차이나타운에 중국인과 베트남인들이 자리 잡은 지 100년 정도가 되어간다. 그리고 몇 세대가 지나갔다. 무엇

---

* 프랑스에서는 아주 맛있고 신선한 음식을 이렇게 말하지요.

이 달라졌을까? 베트남의 호치민 주석, 중국의 지도자 저우언라이나 덩샤오핑 주석이 지나갔을 그들의 20대 파리. 그 당시 차이나타운의 허름한 식당에서 먹었을 쌀국수, 넴, 디저트 롤카스텔라. 지금 무엇이 변했을까? 내가 보기에 변한 것은 없어 보인다. 조금 달라졌을 뿐!

현재라는 시간을
가장 재밌게 보내는 법

즙이 많고 신맛이 나며 레몬보다 더 새콤하고 달다. 시큼하면서 독특한 향이 있어 보는 것만으로도 침샘을 돈게 하는 매력이 있다. 라임은 프랑스어로 림Lime이라고 한다. 라임의 사용법은 레몬과 같다. 하지만 라임은 레몬보다 독특한 향이 있다. 즙으로도 사용하지만 일반적으로 녹색 껍질을 살짝 긁어 사용하기도 한다. 껍질에 강한 향이 있기 때문이다.

샐러드에 라임을 넣으면 레몬보다도 더 강력한 향으로 후각과 미각을 자극한다. 생선 요리에 넣어도 좋고, 와사비를 넣은 간장 소스에 넣으면 더 환상적이다.

라임은 상온에서 보관하거나 양이 많으면 신문지에 싸서 냉장 보관하는 게 좋다. 상온에서 보관할 때는 식탁에

놓고 필요할 때마다 잘라 즙을 짜서 사용한다. 라임은 레몬에 비해 단단해서 맨손으로 짜기가 힘들다. 어떤 사람들은 라임을 손으로 짜다가 라임 알레르기로 고생을 하기도 한다. 라임을 넣고 고기를 재우면 육질이 연해질 정도이니 부드러운 손이 가려운 것은 이상한 일이 아니다.

라임이나 레몬은 스테인리스로 만든 레몬 압착기를 사용해서 짜면 편하다. 예전에는 손으로 짰는데 이제는 이 도구를 사용한다. 훨씬 효율적으로 더 많은 라임즙이나 레몬즙을 짤 수 있다.

무엇보다도 라임은 모히토 칵테일을 만들 때 최고다.

달콤하고 시큼하면서 톡 쏘는 모히토 칵테일엔 라임이 들어가야 제맛이 난다. 모히토 칵테일을 만드는 방법은 생각보다 간단하다. 럼 30밀리리터, 라임 2~3조각, 민트 잎 5~6장, 탄산수, 설탕 그리고 얼음. 이 재료만 준비하면 반은 완성이다. 카사블랑카 컵에 럼과 설탕을 먼저 넣고 민트를 넣는다. 민트 잎은 양 손바닥 사이에 넣고 박수치듯 비틀어줘야 한다. 그러면 민트 향이 잘 퍼져서 박하 향이 더 강해진다. 마지막으로 라임을 2~3조각 넣고 레몬 압착기를 사용해 라임즙을 좀 더 넣는다. 손으로 라임을 짜서 넣으면 칵테일의 깔끔한 모양새가 나오지 않으니 라임은 조각대로 넣고 라임즙은 따로 넣는 것이 좋다. 그다음 탄산수를 넣으면 끝이다.

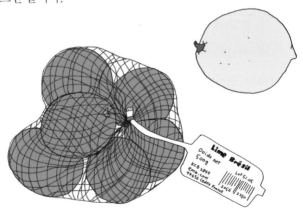

주말 낮에 마시는 모히토 칵테일 한 잔은 하루의 밖과 안의 공간을 가르는 라인이다. '자 이제부터 우리 놀자!'라는 신호와 같다. 해질녘 늦은 오후에 마시는 모히토 칵테일 한 잔은 또 다른 밤을 맞이하기 위한 스타트 라인의 신호다. 사실 모히토는 어느 때 마셔도 시원하고 청량한 민트 향과 라임의 시큼함이 럼의 알코올 성분과 만나면 기분을 갑자기 좋게 만든다.

주말 점심 식사 전에 수영장 옆에서 마시는 모히토는 브르타뉴 생나제르의 추억 중 가장 청량한 기억이다. 빈속을 타고 흐르는 민트 향, 라임 향이 럼의 가벼운 알코올을 따라 중력을 거슬러 올라오면 세상이 행복해진다. 뭐든지 가능할 것 같고, 어느 것 하나 불가능할 것 같지 않고, 오감이 정상 레벨을 넘어 충만의 사인을 보낸다. 그리고 하나 더, 여름의 강력한 햇살이 정지시킨 '현재라는 시간'은 나라는 존재감을 확인시켜준다. 카르페 디엠! 세상 이 순간 이보다 더 가벼울 수 없다. 이렇게 느껴지는 이유가 럼 때문일 거라고 생각해보지만, 그것만으로 충분하지 않다. 럼주에 섞인 라임 향 같은 친구가 있어야 한다.

제랄의 부인 나딘의 정원에 있는 수영장 주위에서는

매일매일 탐험과 같은 시간이 만들어진다. 그 탐험은 한 순간도 재미없고 무료한 시간을 허락하지 않는다. 이야기하고, 요리하고, 뭔가 망가진 것을 수리하고, 청소하고, 계획을 세우고, 책을 읽는다. 모든 시간에는 '재미'라는 한 가지 목표만이 존재한다.

이 재미에 포함된 중요한 한 가지는 '마시는 것'이다. 술의 종류는 그날의 날씨에 따라 달라지는 것은 기본이고, 호스트의 기분, 초대 손님들의 취향에 따라 변수가 있다. 하지만 그날 마시는 술의 선택은 철저한 계획에서 나온다. 즉흥적인 것 같지만 절대 즉흥적이지 않다. 철저하게 계산된 움직임이 완벽한 시간을 만든다. 이 시간을 만들기 위해 서로 의견을 조율하고 상대방을 설득한다. 프랑스인들에게는 이런 과정이 삶에서 아주 중요하다.

처음엔 '칵테일을 집에서 만들어 마실 수 있을까?'라는 의구심이 들기도 했지만 아무런 문제가 없었다. 무얼 마실까 하는 생각과 준비 과정이 더 재미있고, 칵테일의 맛 속에 이런 재미가 포함된다는 것을 여기 와서 알게 되었다. 부엌에 있는 오래된 수많은 도구들은 이곳 브르타뉴 시골집에 허름한 카페를 차릴 정도로 충분했다.

여름에는 시원한 남미 칵테일이다. 그중에서도 강력한 여름 낮에 선택한 것은 카이피리냐라는 칵테일이다. 카이피리냐는 브라질의 국민 칵테일로 포르투갈어로 '시골 아가씨'라는 의미다. 이 칵테일에는 사탕수수를 발효해 증류시켜 만든 럼인 카샤사가 들어가야 한다. 알코올이 40도인 이 술은 브라질의 소주라고도 하고 민속주 핑가라고도 한다. 카샤사 럼을 구하기 힘들면 일반 럼이나 보드카를 넣으면 된다.

일단 얼음을 냉동실에서 꺼내 믹서기에 간다. 믹서기로 얼음을 갈 수 있나 하는 생각이 들 수도 있겠지만 간단하게 갈린다. 두려워할 것이 없다. 브라질 카샤사 럼을 따고 칵테일을 만들기 전에 한 잔씩 맛을 본다. 중요한 의식이다. 그다음 잔에 카샤사와 설탕을 넣고 라임을 짜 넣은 후 잘게 부순 얼음을 투하한다. 설탕은 개인의 취향에 따라 넣으면 된다. 그리고 빨대를 꽂으면 완성이다.

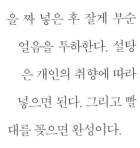

보통 칵테일을 만드는 기본 방법에는 직접 컵에 넣는 빌딩, 셰이커 안에 넣고 흔드는 셰이킹, 비중이 다른 두 가지 술을 글라스에 넣고 롱스푼으로 휘젓는 스터링, 전동 블렌더를 사용해서 만드는 블렌딩, 허브나 생과일의 맛과 향이 더욱 강해지도록 으깨어 만드는 머들링 등이 있다. 집에서 만들어 먹는 카이피리냐는 잘게 간 얼음과 라임을 넣어

향이 나도록 으깨는 머들링 방법이면 충분하다.

　　하루종일 긴장되었던 연구소 업무에서 벗어나 휴식을 위한 저녁으로 넘어가는 경계에 선 시간. 나 자신을 위해, 누군가를 위해, 누군가와 함께하기 위해 칵테일을 만든다. 얼음 속 시원한 알코올과 달달한 당분과 함께 섞인 라임 향은 긴장감을 한 순간에 무장 해제시킨다.

　　바닷가 옆에 자리한 연구소 6월의 날씨는 환상적이다. 햇살과 바람이 좋아 커튼과 창을 활짝 열고 일을 하지만

7월이 되면 상황이 달라진다. 오전에는 그래도 창문을 열어도 견딜 만하다. 하지만 해가 넘어간 오후부터는 불타오르는 바닷가의 태양과 바람 한 점도 없는 공기 탓에 열린 창문만 의지하기에는 역부족이다. 직사광선을 피하기 위해 창문에 달린 셔터를 내리면 그나마 견딜 만하다.

연구소 그 어디에도 에어컨이나 선풍기는 없다. 커피 자판기는 있지만 찬 음료를 파는 곳은 없다. 이런 폭염의 날씨에는 솔직히 일을 할 수가 없다. 이런 날은 다들 점심 때 나가 바람이 부는 바닷가에서 늦게까지 식사를 하고 일찍 집으로 간다. 날씨를 탓할 이유가 없다.

이런 날 나는 짐을 싸서 제랄과 함께 집으로 간다. 가는 동안 시원한 맥주와 제랄의 부인 나딘의 집에 있는 수영장에 들어갈 일만 생각한다. 수영장을 사치스럽다고 생각하고 있었지만 이 여름을 겪고 난 후부터는 그런 생각이 완전히 없어졌다. 이런 더운 날엔 달리 더위를 식힐 방법이 없다. 나딘에게도 이 수영장은 여름을 보내기 위한 삶의 도구에 불과하다. 동네 친구들이 와서 즐기고, 식구들이 와서 즐기기에는 최고의 소통 장소가 아닐까?

그건 그렇고, 수영장의 위력은 대단하다. 더위를 한 큐에 물리칠 수 있는 마력이 있다. 한여름 마당에 수영장을 두고 있다는 것은 삶의 축복이다. 그 축복을 가진 친구를 가진 사람들 역시 축복받은 사람임에 틀림없다. 수영장에 들어갈 때마다, 수영장 옆에서 카이피리냐 칵테일을 마실 때마다 이런 호사를 누릴 수 있는 것에 감사한다.

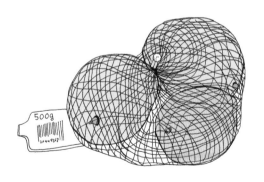

우아하게 계란 껍질 벗기기

계란은 요리일까? 아니면 음식에 들어가는 사이드 메뉴일까? 나에게 있어 계란은 훌륭한 요리다.

아침에 계란을 쪄서 먹는다. 삶은 계란, 버터, 잼, 커피, 바게트로 차려진 아침 테이블. 계란프라이도 좋지만 부드러운 계란의 결을 맛보기 위해서는 삶은 계란이 최고다.

계란을 무참히 깨지 않고 요리로 먹기 위해서는 특별한 도구가 필요하다. 이 도구를 이용하면 계란을 세워서 우아하게 먹을 수 있다. 계란을 받쳐서 먹는 받침대를 코크티에coquetier라고 한다.

코크티에의 역사는 예수님이 태어나기 전인 그리스 산토리니섬의 미노스 문명까지 올라간다. 유럽에서는 15세기부터 발견됐다. 오늘날의 계란 받침대는 1520년

부터 볼 수 있는데 주로 도자기, 진흙 나무로 만들어졌다. 1630년대 그림에서는 화려한 은으로 만들어진 받침대도 발견할 수 있다.

코크티에는 다양한 모양으로 만들어져왔다. 그래서 모으는 재미가 있다. 다리가 있는 형태, 두 개의 깨진 계란 반쪽이 반대로 붙어서 세워진 형태, 접시에 붙어 있는 형

태, 동물이 받치고 있는 형태 등 기발하거나 우아한 형태
가 많다. 이미 이 물건에 대해 연구한 문헌이 많아 정확한
연도와 생산지를 구분할 수 있다. 벼룩시장에서도 쉽게 만
날 수 있고 비싸지도 않아서 모아놓으면 묘한 매력을 발산
한다.

이 도구로 계란을 먹는 방법은 평범하지 않다. 일단 계
란을 완숙도 반숙도 아닌 상태로 삶아야 한다. 겉에 흰자
만 살짝 익혀서 계란 윗부분을 쪼개 떼어내고 소금을 친
후 스푼으로 퍼서 먹는다. 계란 노른자와 흰자의 맛을 즐
기기 위해서다. 이 문화는 17세기 프랑스 테이블
문화가 발전하면서 본격적으
로 일반화되었다. 당시
끝이 둥근 칼, 국자와
접시가 만들어지면서
코크티에는 식탁 문
화의 한 자리를 차
지하게 되었다.

코크티에로 계란을
먹을 때 절대적으로 필요

한 도구가 있다. 바로 계란 깎기다. 계란 머리를 자르는 도구는 불어로 '쿠프 에프Coupe œuf' 또는 '시조 쿠프 에프Ciseaux coupe œuf'라고 한다. 이 계란 깎기가 없다면 수저를 가지고 계란 머리를 쳐서 손으로 계란 껍질을 벗겨내야 한다. 기본적으로 프랑스인들은 손으로 계란 껍질을 벗기는 행동이 식탁 예절에 어울리지 않는다는 생각을 가지고 있는 것 같다. 계란 머리를 수저로 치는 것이 무례한지 이 도구로 계란 머리를 잘라내는 것이 우아한지는 잘 모르겠지만 어쨌든 쿠프 에프는 매우 편리하다.

그건 그렇고, 계란을 받침대에 올려놓고 먹는 이유는 뭘까? 하나를 먹어도 가치 있게 먹는 이유가 뭘까? 그 이유는 계란이 완전한 요리이기 때문이다.

그날의 기분에 따라,
작은 감자 케이크

계란과 어울리는 재료는 감자다. 계란과 감자로 뚝 딱 해먹을 수 있는 요리 중 스페인의 토르티야 데 파타타 tortilla de patata가 있다. 스페인어로 파타타patata는 '감자'를 토르티야tortilla는 '작고 납작한 케이크'를 말한다. 토르티 야 데 파타타는 말 그대로 작은 감자 케이크라는 의미다. 스페인에서는 토르티야 에스파뇰라tortilla española라고도 부르는데, 스페인식 토르티야라는 뜻이다. 멕시코와 중남미에서 옥수수나 밀의 가루로 반죽해 만든 납작한 토르티야와는 이름만 같을 뿐 전혀 연관이 없다.

이 요리는 17세기 스페인 고산 지대에 사는 사람들이 달걀 두세 개와 감자, 빵가루 등을 섞어 5~6인분의 토르티 야를 만든 것이 시초다. 빈자의 음식, 배고픔에서 출발한

요리다. 여행 중인 스페인 사람들에게 무엇이 제일 먹고 싶냐고 물어보면 엄마가 해준 토르티야가 먹고 싶다고 한다. 우리 식으로 이 요리를 말하면 무엇일까? 김치전? 빈대떡? 파전 정도가 아닐까?

토르티야 레시피는 만드는 사람의 지역, 복합적인 상황이나 환경에 따라 식감이나 질감이 천차만별이다. 그래서 어떤 맛이다 규정 지을 수 없는 엄마표 토르티야가 존재한다. 이것이 토르티야의 매력이다.

토르티야에 들어가는 계란은 인원수와 프라이팬의 사이즈에 따라 다르지만 일반적으로 계란 네 개에 감자 서너 개면 적당하다. 그다음 소금과 후추가 기본으로 들어간다. 토르티야 데 파타타를 만들기 위해서는 숙련된 기술이 필요 없다. 하지만 감자의 선택이 중요하다.

먼저 감자는 분질 감자와 점질 감자로 나뉘는데 토르티야 데 파타타를 만들기 위해서는 전분 함량이 높은 분질 감자를 쓰는 것이 좋다. 감자의 주요 성분인 전분 함량에 따라 감자의 맛과 성질이 달라진다. 또 감자를 요리하는 방법에도 차이가 있다. 전분에 따라 삶든지, 끓이든지, 튀기든지 결정해야 한다.

분질 감자는 스타치starchy 감자라고 불린다. 대표적인 분질 감자에는 러셋 감자, 자주 감자가 있다. 껍질이 두꺼운 편이고 전분의 양이 많기 때문에 감자의 과육이 대체로 흰색이다. 전분이 많이 들어 있어서 요리할 때 쉽게 부서지고 수분 함량이 적고 익히면 보슬보슬해진다. 보슬보슬한 감자의 식감이 필요한 요리는 분질 감자로 해야 한다. 이런 특징 때문에 오븐 구이용과 매시용으로 적합하다. 당분이 적어 튀김용으로도 적당하다. 적은 당분 때문에 감자를 튀길 때 표면이 타지 않고 아름다운 갈색의 튀김이 나온다.

점질 감자는 와시waxy 감자라고도 불리며 감자 내의 전분 함량이 낮은 감자를 말한다. 수분이 많고 껍질이 얇다. 전분의 양이 적은 대신 단백질이 많다. 감자의 속살은 노란색을 띤다. 전분 함량이 적어 요리했을 때 잘 부서지지 않고 수분이 많아 부드럽고 촉촉하다. 삶거나 찌는 용도로 좋다. 샐러드, 수프, 뵈프 부르기뇽 스튜, 국, 카레, 간장조림 등을 만들 때 최고이다. 겉이 붉은 감자는 대부분 점질 감자에 속한다.

분질과 점질 두 가지의 장점을 조합해 품종을 개량한 감자가 우리나라의 수미 감자다. 우리나라 감자의 70퍼센트가 수미 감자에 해당한다. 또 다른 품종으로는 대서 감자가 있다. 대서 감자는 포테이토칩을 만드는 감자로 전부 공장으로 가기 때문에 구하기 힘들다. 그 밖에 강원도 토종 감자인 남작 감자도 있는데 분질 감자의 최고봉이지만 많이 심지 않아서 구하기 힘들다.

프랑스어로 감자는 폼드테르Pomme de terre다. 땅의 사

과라는 의미다. 생감자의 아삭한 식감은 사과의 아삭한 질감과 비슷하다. 감자는 프랑스혁명과 관련이 있다. 당시 왕궁에서는 감자를 관상용으로 재배했다. 가난한 민중들은 왕궁에서 소중히 기르는 감자를 신기해했다. 맛있어서 애지중지하는 것으로 생각했다. 밤에 몰래 숨어들어 훔쳐가

기까지 했다. 프랑스에 감자를 처음 보급한 사람은 앙투안 오귀스탱 파르망티에라는 사람이다. 루이 16세로부터 받은 황무지에 텃밭을 만들어 감자를 심어놓고는 민중들에게 훔쳐가게 했다. '귀한 것이니 훔쳐가면 죽는다!'라고 써 있으니 민중들은 귀한 것으로 알고 더 훔쳐가 먹게 되었다고 한다. 이 이야기가 진실인지는 모르겠지만 훔쳐 먹은 감자의 맛은 소문이 날 정도로 맛있었다. 결과적으로 프랑스 혁명 전후 프랑스 전역에서 감자가 유행하게 되었다.

그 공로인지 모르지만 파리의 지하철역 중에는 파르망티에역이 있다. 파르망티에는 빈민들에게 음식을 나눠줄 때 특별히 감자로 만든 수프를 배급하기도 하고, 왕실 연회 때 감자로 만든 요리를 만들어 감자를 대중화시켰다. 마리 앙투아네트가 감자 꽃을 머리 장식용으로 사용하게 한 것도 파르망티에다. 그 공로로 그의 이름을 딴 프랑스 대표 감자 요리 아시 파르망티에Hachis Parmentier가 탄생했다. 아시 파르망티에는 다진 소고기와 감자 퓌레로 만든 그라탱의 일종이다.

프랑스와 감자를 떠올리면 빠질 수 없는 것이 감자튀

김이다. 집 근처에 습관적으로 즐겨가는 카페가 몇 군데 있다. 점심에 들르면 기분 좋아지는 곳이 있고, 자기 전에 들르면 기분이 안정되고 집에 와서 편안하게 잠들 수 있는 곳도 있다. 이 중 한곳은 늦은 밤에 산책 삼아 들르는 곳이다. 이곳에 가면 생맥주와 간단한 안주거리로 감자튀김을 시킨다. 기계로 썬 냉동 감자지만 주문 즉시 튀겨서 나온다.

감자튀김은 일반적으로 미국에서는 프렌치프라이스 French fries, 영국에서는 칩스 chips, 프랑스에서는 프리트 frite, 독일에서는 포메스 프리츠 Pommes frites로 불린다. 사실 프랑스에서는 감자튀김을 프렌치프라이스라고 하지 않는다. '프렌치프라이'라는 이름 때문에 감자 튀김의 기원이 프랑스라는 의견도 있지만, 유럽에서는 벨기에가 기원이라는 설이 더 유력하다. 미국에서 감자튀김을 들여온 것이 벨기에 이민자들인데 그들의 언어가 프랑스어여서 잘못 인지되고 있는 것이다.

벨기에, 중국, 프랑스 등에서는 감자튀김에 케첩, 마요네즈 또는 타르타르 소스를 찍어 먹는 것이 일반적이다. 영국에서는 여러 요리에 곁들여 감자튀김을 내놓는다. 생선

감자
3~4개

얇게썰기

깍둑썰기

감자두척

계란 4개

튀기기 + 볶기

후추 소금

CREME

+

계란을 섞는다

Battre vos oeufs

물

향신료   허브

두척

노릇한
감자

요리하면서
한잔!

약한불

튀김과 감자튀김을 함께 먹는 피시앤칩스는 영국 최고의
대중 요리다.

어쨌든 다시 토르티야 데 파타타 요리로 돌아온 이유
는 레시피 때문이다. 껍질을 벗긴 감자는 2밀리미터 정도

접시를 이용해 뒤집기

갈색으로 익을 때까지

일단 접시에 안착

다시 프라이팬 투척

반대 쪽 익히기

로 얇게 썰거나 작은 주사위 모양으로 자른다. 감자는 올리브오일을 넉넉히 넣고 튀기다시피 볶는다. 한쪽에서는 달걀을 깨서 볼에 넣고 소금과 후추로 살짝 간을 하고 노른자와 흰자를 포크나 수저로 섞어준다. 이때 크림을 넣으면 맛이 풍요로워진다. 그다음 약간의 물을 넣는다. 물이 좀 많아 묽다 싶으면 계란을 하나 더 넣으면 된다. 그날의 느낌에 따라 하면 된다. 그다음 허브나 향신료를 넣고 잘 풀어진 계란물에 볶은 감자를 투척해서 섞은 후 달구어진 팬에 붓는다. 달걀이 팬에 눌러 붙지 않도록 뒤집개나 스패츌러로 바닥을 살짝 건드려가며 익힌다. 그동안 토르티야 데 파타타를 뒤집는 데 사용할 접시를 준비한다. 접시는 팬의 지름보다 크고 평평하고 테두리가 없는 것이 좋다.

팬 바닥 쪽 달걀이 갈색을 띠고 달걀 윗면이 흐르지 않을 정도로 익었으면 접시를 팬 위로 덮은 다음 프라이팬째 뒤집는다. 만약 덜 익은 면이 있으면 팬에 다시 넣고 마저 익힌다. 주의할 점은 항상 약한 불에서 서서히 조리해야 한다는 것이다. 그래야 계란이 부드럽다. 완성된 토르티야 데 파타타는 접시에 담아 10분 정도 식힌 다음에 잘라야 단면이 깔끔하고 깨끗하다. 요리하는 동안에는 온 신경을 집중해야 한다. 미세한 손동작이 맛있고 멋진 요리를 만든다는 것을 잊어서는 안 된다.

번개처럼 격렬하게 만드는
폭풍 소스

계란의 꽃은 마요네즈 소스다. 일단 만들어 먹는 마요네즈는 사서 먹는 마요네즈와 비교할 수 없는 맛의 차이가 있다. 상추를 슈퍼에서 사서 먹는 것과 밭에서 뜯어서 먹는 차이라고나 할까?

마요네즈의 기본 재료는 계란 노른자와 기름이다. 기름과 계란 노른자를 얼마큼 잘 섞느냐가 마요네즈의 맛을 결정하는 핵심이다. 기름과 노른자를 완벽하게 섞어야 한다. 여기에 들어가는 재료는 계란 노른자 한 개, 겨자 한 스푼, 식용유 200밀리리터, 식초 한 스푼, 소금, 후추다.

먼저 계란 노른자와 겨자를 섞어준다. 이때 설렁설렁 섞으면 안 된다. 거품기를 잡고 번개 같은 속도로 섞어야 한다. 그다음 기름을 부으면서 계속 섞는다. 초기 단계에서

는 기름을 2~3방울씩 떨어뜨린다. 중요한 것은 온도다. 기름의 온도, 계란 노른자의 온도, 겨자의 온도가 같아야 한다. 어느 정도 계란 노른자가 기름을 포집하는 느낌이 들면 나머지 식용유를 넣는다. 기름을 조금씩 오랫동안 넣는다고 생각하면 된다. 이때도 터보 같은 파워로 저어줘야 한다. 속도를 늦추면 안 된다. 이렇게 섞는 게 쉽지 않다. 점점 색이 부드러워지면서 형태가 완성되면 후추, 소금, 식초로 마무리한다.

완성된 마요네즈는 그냥 먹어도 되지만 랩을 씌워 공기를 차단한 뒤 냉장고에 넣어 2~3시간 후에 먹으면 최고의 맛을 느낄 수 있다. 오랫동안 보관하지 말고 필요할 때마다 만들어 먹는 것이 좋다.

마요네즈의 역사는 다양한 설이 많다. 나는 그중에서 지중해의 미노르카섬 옆에 있는 마요르카의 요리 방법이 마요네즈의 시초라는 설에 가장 신빙성이 있다고 생각한다.

미노르카섬은 스페인 동쪽 지중해 상에 위치하는 발레아레스제도에 속하는 섬이었다. 기원전부터 사람이 살기 시작했고 페니키아, 그리스, 로마, 영국, 프랑스 등 여러 나라의 지배를 받았으며 지금은 스페인에 속해 있다. 스페인어로는 메노르카라고 한다. 이 섬의 중심에 항구 마온이 있었다.

1756년~1763년 사이 벌어진 프랑스와 영국의 7년 전쟁에서 프랑스 리슐리외 공작은 영국이 점령하고 있던 미노르카섬을 정복한다. 미노르카섬에는 많은 올리브와 건강한 토종닭이 있었다. 미노르카 원주민은 계란과 올리브유로 소스를 만들어 먹고 있었다. 리슐리외 공작은 이 소스를 처음 맛본 후 그 맛에 반하고 만다. 전쟁에 승리한 후 귀국하여 만찬회 자리에 원주민한테 배운 소스를 마온의 소스Salsa de Mahon라는 이름으로 손님들에게 선보였다. 전리품인 소스 마오네즈sauce mahonnaise는 프랑스에서 유행한다. 그 후 마오네즈 소스는 유럽 전역으로 퍼져나가고 19세기 중반부터 마요네즈라고 불리게 된다.

마요네즈라고 불리게 된 또 한 가지 설이 있다. 마요네즈는 만들 때 거품기로 격렬하게 섞어줘야 한다. 마요

효율을 높이기 위해 안에 휘핑봉을 집어 넣었다. 단점은 닦기가 힘들다.

볼 휘핑 주걱

에멀션 emulsion 주걱

휘핑은 절대 안되고 (오믈렛은 안들수 있음) 오로지 샐러드소스 비네그레트소스 를 만들 수 있다. (vinaigrette)

네즈를 만들 때 매우 힘이 들기 때문에 프랑스어 '힘쓰다'
의 고어인 '마오네mahonner' 또는 '지치다'의 고어인 '마요네
maghonner'라는 동사에서 온 것이라는 설이 있다. 마요네즈
를 만들다 보면 이 설도 맞는 거 같다.

아침 9시, 카페에서 사람들이 커피에 크루아상을 먹고
출근한 뒤 한가해질 무렵이 되면 바에서 커피와 크루아상
을 서빙하는 셰프가 마요네즈를 만든다. 스테인리스 볼에
계란 노른자와 기름을 넣은 다음 거품기를 잡고 폭풍을 만
드는 것처럼 섞는다. 그걸 보고 있으면 프랑스어 '힘쓰다'
의 고어 '마오네'에서 어원이 온 게 맞지 않을까 하는 생각

이 절로 든다.

프랑스에서는 적당하게 삶은 새우와 마요네즈는 환상의 궁합이다. 삶은 새우는 꼭 마요네즈를 찍어 먹는다. 서울에선 마요네즈와 오징어다. 간장을 살짝 집어넣은 마요네즈를 오징어로 저어가면서 찍어 먹는 맛이 최고다. 어쨌든 마요네즈는 계란이 만든 최고의 소스다. 특히 격렬한 힘으로 만든 핸드메이드 마요네즈는.

멋진 시절의 한 페이지

하루하루 나이를 먹는다. 이건 물리학 법칙이 아니다. 시간을 발명한 인간의 숙명적 고리다. 벗어날 수도 풀 수도 없다.

어제보다 하루 늙어 있는 나. 지금보다 젊은 날을 지나왔다는 의미다. 내가 파리에 처음 도착한 것은 20대 후반이었다. 파리라는 도시가 그리 멀지 않게 느껴졌던 것은 나의 형이 파리에서 정치학을 공부하고 있었기 때문이다.

가끔 돈이 떨어졌다고 오는 엽서의 사연 속에서 가난한 유학생의 옷소매와 고풍스런 파리의 공간, 다락방, 마로니에 나무, 센강, 포도주, 폴 엘뤼아르, 반 고흐, 장 콕토, 조르주무스타키의 노래 등이 뒤섞여 있었다. 그걸 보며 '언젠가 나도 파리에 가보고 싶다'라는 생각이 들곤 했다.

20대 후반, 아르메니아에서 공부를 하고 돌아가는 길에 파리에 들렀다. 모스크바를 거쳐 아르메니아로 갔으니 돌아올 때도 모스크바를 통해 서울에 오면 쉬운 길이지만, '그래 떠난 김에 더 나가보자' 이런 생각으로 파리로 가는 비행기 티켓을 끊었다.

　당시 대학 선배가 파리에서 유학을 하고 있었다. 그 형이 운전하는 차를 타고 파리 여기저기를 돌아다녔다. 이 선배는 내게 파리를 친근한 곳으로 만들어준 사람 중 한 명이다. 가난한 유학생이었던 선배는 공부를 과감히 때려치우고 지금은 파리 시내에서 한식당을 운영하고 있다. 그 선배와 함께 지내는 동안에는 가난한 것이 그렇게 부담되지 않았다. 뭐 불편하기는 하지만 멀리서 이 상황을 바라본다면 그래도 낭만이 있네, 하는 여유와 유머가 있었다. 어떤 상황이든지 가장 중요한 유머를 잃어버리면 안 된다는 삶의 기술을 터득한 시기다.

　그 선배를 보고 나도 한 번 파리에서 생활해보고 싶다는 생각이 들었다. 그때 선배는 파리 근교에 있는 그리니라는 동네에 살고 있었다. 한국으로 치자면 수도권 정도 되는 곳이다. 나는 파리 시내에서 살아보고 싶었다.

"우리 파리에서 한 번 살아보자!"

선배가 가지고 있는 찌그러진 냄비와 프라이팬, 접시, 얼룩진 매트리스면 충분했다. 파리의 하늘을 바라볼 수 있고 파리의 골목이 있는 곳이면 충분했다. 박사학위를 받은 스물아홉 살이 지나가고 서른 살이 시작되었을 때였다. 전세금을 빼기로 마음먹었다. '서울에 다시는 못 돌아갈 수도 있다.' 뭐, 이런 생각도 들었다.

지금 생각해보면 이렇게 마음먹은 나를 따라준 아내에게 고맙다. 당장 직장도 없지, 돈이 들어올 구석도 없지, 미래에 뭔가 이루어질 거라는 확실한 증거를 제시하지 못한 채 현실을 용감하게만 즐기고 있는 나를 이해해주었다. 지갑 속 현찰이 한 장도 없는 남자를 따라서 이국의 다락방 생활을 한다는 것은 누가 보더라도 용기가 아니라 무모함이었을 것이다.

'그 나이가 가진 시절'만이 가능한 일이었다. 당시에는 파리의 연구소에서 연구원 생활을 했다. 아침에 일어나면 계단을 내려가 빵집에서 갓 구운 바게트와 갓 내린 커피를 마시고 카페로 출근을 했다. 카페 구석에서 커피 한 잔을 시키고 노트북을 켜고 논문을 썼다. 그 이유는 간단했다.

다락방에서는 노트북을 펴고 앉을 자리가 없었다.

내가 논문을 쓰는 동안 아내와 어린 채린이는 다락방에서 시간을 보내고 있었다. 카페의 무슈*들이 점심을 준비하는 시간이 되면 더 이상 앉아 있을 수 없어 노트북과 논문 뭉치를 들고 지상 7층의 다락방으로 퇴근했다.

당시 다락방에 대한 기억은 내 가슴속에 있는 파리다. 조금만 걸어가면 생 미셸 거리가 있고 소르본느대학이 있고, 센강이 있고, 식물원이 있었다. 내가 사는 다락방의 하늘만큼이나 변화무쌍한 파리의 도시 골목골목이 매일매일 새로운 세상을 보여주었다. 주말이면 가장 싼 자동차를 빌려 노르망디와 루아르강을 따라 여행을 했고, 비가 내리기 시작하는 겨울엔 오렌지색 햇볕을 찾아 아비뇽을 거쳐 스페인을 여행했다. 이게 진짜 삶이지, 뭐 이런 배짱으로 항상 카메라와 8밀리 비디오카메라를 들고 영화를 찍듯이 우리 가족의 삶을 기록했다.

언젠가 이곳 파리에서의 시간을 추억할 거라는 생각

---

* Monsieur로 표기하는데요. 프랑스어로 남성에 대한 높임말이지요. 예를 들어 영어의 미스터와 같은 존칭 표현이라고 할 수 있겠네요!

을 했다. 그리고 우린 언젠가 다시 함께 여기를 와야 해, 뭐 이런 미래의 계획도 있었던 것 같다. 오늘보다 삶이 조금 은 더 좋아질 거라는 희망이 있었기 때문 아니었을까? 그 냥 지나가는 시간이 아니라 멋진 우리의 시간이라는 생각 을 했다. 하지만 다락방에 잠들어 있는 채린과 아내의 숨소 리를 들으면 불안한 마음에 한숨이 저절로 나오던 시절이 었다.

파리의 다락방 이후, 일본에서의 7년을 포함해 10년을 외국에서 생활했다. 30대는 10년 동안 일과 가족밖에 없었 다. 밤새 실험을 하고 새벽에 집에 들어와 아침 늦게 일어 났다. 12시가 되면 다시 학교에 가고, 그야말로 올빼미 생 활을 했다. 츠쿠바대학과 동경공업대학에서 내 모든 젊은 시절을 보냈다.

무엇보다 당시 지도교수와 참 멋진 시간을 보냈다. 아 무런 스트레스 없이 내가 공부하고 싶으면 맘껏 공부를 했 고, 학교에 가고 싶지 않으면 집에서 가족들과 놀거나 산책 을 하고 온천 여행을 했다. 이런 나에게 옆에서 눈총을 주 거나 뭐라고 하는 사람은 없었다. 지도교수는 나를 신뢰했

고 나는 지도교수를 위해 꼬박 밤을 새웠다. 좋은 스승과 어느 것 하나 부족함 없는 연구 환경, 즐거운 주말, 하루하루 커가는 채린과 하린. 지금 생각하면 아름다운 젊은 시절이었고 가장 행복한 시절이었다.

교수 자리를 얻어서 서울로 돌아온 것은 마흔 살이 지

날 무렵이었다. 딸랑 책상 하나밖에 없는 연구실에서 다시 시작하는 서울 생활이 힘들게 느껴지지 않았던 이유는 멋진 제자들이 있었기 때문이었다. 말 그대로 죽어라고 일했던 시절이다. 달라진 것은 올빼미 생활을 했던 일본에서 새벽형 인간으로 존재하는 서울로 변한 것뿐.

10년을 밤낮 없이 일하자 체력이 방전되어갔다. 어느 토요일 학교 책상에 엎드려서 뭔가 하고 있는 나 자신을 발견하고는 연구실을 박차고 나갔다. 체육관을 다니기 시작했다. 공부보다도 체력이 필요했다. 운동을 시작하자 몸은 부상 투성이가 되었다. 어깨를 다쳐 병원에 가서 운동을 계속해도 될까요, 하고 물어보면 의사 선생님은 "하체 운동만 하세요!" 이런 말을 하곤 했다. 1년 동안 운동을 몇 주 하고 물리치료를 몇 주 하면서 다니기를 반복했다. 이때 물리학 공부는 체력이라는 생각이 절실히 들었다. 가장 열심히 일한 10년은 마치 전쟁에 참전한 육군 소위가 받은 훈장처럼 자랑스러운 시간이었다.

이렇게 40대가 지나가고 50대를 맞이했다. 물리학 연구의 성공과 실패를 경험한 40대가 지나자 여유가 생겼다.

체력도 예전으로 돌아왔다. 좀 더 여유롭게 일을 할 수 있게 되었고 조바심 없이 일을 밀고 나갈 수 있게 되었다. 그 결과 좋은 국제학술지에 연구 결과를 발표할 수 있었다.

가을 감나무에 달린 감을 가지고 다디단 곶감을 만들 수 있었다. 더 숙성시켜 홍시를 따먹을 수 있게 되었다. 계획된 일을 차분하고 여유 있게 즐길 수 있는 시간을 보냈다. 이런 중년의 시기에는 맑은 눈으로 세상을 바라볼 수 있었다. 지금 생각하면 충만한 시절이었고 30~40대의 행복과는 또 다른 행복한 시절의 한 페이지였다.

파리는 나의 또 다른 고향으로 자리를 잡았다. 시간이 만든 하나의 동화 같은 이야기일지 모르지만 몽파르나스 근처에 다락방을 구한 덕분에 파리를 맘껏 즐길 수 있었고 많은 프랑스 친구들이 생겼다. 언제든지 파리에 가면 시차보다도 더 빨리 파리 생활에 적응할 수 있게 되었다. 딸들과 여행할 수 있게 되었고 예전 파리를 추억하고 새로운 시간을 계획할 수 있는 여유가 생겼다. 신기하게도 20대 때 다락방에서 내쉬던 한숨이 이제는 '심호흡'으로 바뀐 것이다.

　시간이 지나가는 것도 이제는 뭐, 나쁘지 않다. 하지만 앞으로 천천히 지나가기를 바랄 뿐. 불가능한 일이다. 하지만 '불가능'을 무모하게 '가능'으로 만들어왔으니 뭐 비슷하게라도 되지 않을까? 안 되면 말고!

파리의 작은 다락방 부엌

내가 살았던 파리의 작은 다락방을 설명하라고 하면 어떻게 이야기할까? 식탁에 앉아 있으면 세상 어느 누구도 나를 찾을 수 없고, 볼 수도 없지만, 나는 그 창을 통해서 세상을 볼 수 있었다. 이렇게 말하면 될까?

나의 파리 다락방은 100년이 넘은 건물에 있었다. 꾸불 꾸불한 계단을 서서히 오르다 보면 숨이 턱까지 찼을 때쯤 문 앞에 도착했다. 문을 열고 들어가면 식탁이 있었다. 식탁에 가방을 내려놓고 창문을 열면 건물의 벽이 있고, 지붕이 있고, 그 위에 하늘이 있었다.

작은 식탁에 앉아 창문을 바라보고 세상과 이야길 나눴고, 과거를 생각했고, 미래를 꿈꿨다. 시시각각으로 변하는 창밖의 풍경만큼 나의 마음을 안정시키는 것이 없을 것

같다는 생각이 들 정도로 나는 부엌의 공간을 사랑했다.

세 사람이 한꺼번에 움직일 수 없는 공간. 세 사람이 이 공간에 있으면 한 사람은 부엌 싱크대에 기대고 서 있어야 했다. 그래도 좁다고 느껴지지 않았다. 창이 있어서였을까?

한겨울에도 창을 열면 적당히 신선한 바람이 들어왔고, 춥다 싶어 문을 닫으면 금방 따뜻해졌다. 음식을 할 때 문을 열면 음식의 향만이 이 공간에 남았고, 아침에 일어나 지난밤의 공기를 밖으로 내보내는 데는 많은 시간이 걸리지 않았다. 문을 닫으면 창에 비친 불빛에 내 모습이 보여 외롭지 않았고 창문을 열면 열려 있는 세상이 보여 외롭지 않았다.

새벽녘 잠이 오지 않아, 스탠드를 켜고 책을 읽다 등

뒤에서 바람 소리가 나면 어김없이 비가 내리기 시작했다. 나는 비가 오기 시작하는 그 순간이 좋았다. 창문을 열고 어둠 속에서 빗소리를 들었다. 방 안에서 그 빗소리를 듣고 있으면 보호받고 있는 느낌이 들었다. 식탁을 비추는 소듐 전구의 불빛, 어두운 부엌의 높은 천장, 어지럽게 놓인 부엌의 도구들, 창밖에 놓인 녹색 식물. 파리에서 가장 행복한 풍경이었다.

겨울엔 잠들기 시작할 즈음에 비가 자주 왔다. 신기하게도 깨어나기 전에 비가 그치는 날이 많았다. 밤새 비가 내리다 그치고 맑게 갠 아침 7시, 빵을 사러 가는 길이 행복했다. 기분이 좋았고 모든 신경이 충만해진 느낌이었다. 깃털 하나만 올려놓으면 기울어지는 저울추처럼 몸과 마음이 가벼웠다. 이런 날 파리의 아침 공기는 어느 누구도 한 번도 숨을 내쉬지 않은 공기의 맛을 가지고 있었다. 그 공기는 내 것이었고, 그 공기를 들이마시는 것이 좋았다.

어둠 속 길모퉁이 밝게 등불이 켜진 빵집에서 암탉이 지금 막 낳은 달걀을 닭장에서 빼내온 것 같은 온기를 품은 바게트를 사서 가슴에 안고 왔다. 바게트를 식탁 위에 올려놓고 커피를 끓였다. 이 시간을 위해 하루가 존재하는

것 같았다. 버터를 바르면 바게트의 온기로 적당히 녹아내렸다. 아직은 어두운 창. 아직도 따뜻한 침대. 살짝 열어놓은 창으로 들어오는 신선한 공기. 멀리 지붕을 타고 넘어오는 파란 하늘과 지붕의 경계가 만드는 은빛의 라인.

파리가 그리운 이유는 파리의 유명 미술관도 레스토랑도 에펠탑도 센강도 백화점 때문도 아니다. 이 작은 부엌 공간 때문이다. 이 공간에 가기 위해 파리를 그리워한다면 사람들은 믿을까?

하린이가 홍콩에서 대학을 들어가고 난 그해 겨울방학이 시작할 즈음에 전화가 왔다.

"아빠, 나랑 여행하자."

"그래. 아빠 파리 가는데 같이 갈래?"

"얼마 동안?"

"20일 정도."

우리는 파리에서 이 부엌을 근거지로 삼고 시간을 보냈다. 중간중간 파리 근교를 여행했고, 먼 곳으로는 바르셀로나를 다녀왔다. 런던에서 특별한 새해를 맞이하기도 했다. 하린이는 대학을 준비하는 동안 스트레스를 많이 받은 듯했다. 얼굴에 온통 뭐가 날 정도로 힘든 시기를 보냈었고, 무엇보다도 지쳐 보였다.

하루에 한 끼는 꼭 외식을 하기로 약속했다. 그리고 한 끼는 집에서 서로 자기가 잘하는 요리를 해주기로 했다. 아

침에는 바게트와 버터와 잼을 준비하고, 하린이가 좋아하는 크루아상을 꼭 샀다. 그리고 하린이가 에그스크램블을 만들었다.

"이거 어디서 배웠어?"

"아빠가 가르쳐줬잖아!"

나는 계란프라이나 찐 계란을 더 좋아하는데…. 기억이 가물가물하다. 하린이는 우유와 계란을 가지고 선수처

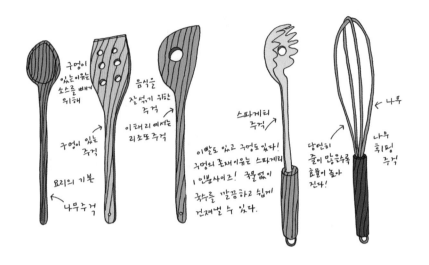

구멍이
있는이유는
소스를 빼기
위해

음식을
잘 섞기 위한
주걱

구멍이 있는
주걱

이태리 에서는
리조또주걱

스파게티
주걱

← 나무

이빨도 있고 구멍도 있다!
구멍의 존재이유는 스파게티
1인분사이즈! 국물없이
국수를 깔끔하고 쉽게
건져낼 수 있다.

당연히
줄이 많을수록
효율이 높아
진다!

나무
휘핑
주걱

요리의 기본
← 나무주걱

럼 에그스크램블을 잘 만들었고 무척 맛있었다. 풍성한 아
침을 먹은 뒤에는 같이 미술관에 갔다. 내가 일을 하러 간
날에는 하린이 혼자 파리 곳곳을 구경하고 돌아오는 길에
지하철역 카페에서 만나 외식을 했다. 식사를 하고 집 앞
카페테라스에 앉아 늦게까지 이런저런 이야기를 했다. 추
운 겨울이었지만 우리는 외투를 꼭 껴입고 있었고 테라스
위에서 내려오는 가스 램프가 만드는 열기로 따뜻했다.

같이 있던 겨울엔 비가 많이 내렸다. 미술관에서 나오
면 갑자기 비가 쏟아지기 일쑤였다. 나는 비니를 쓰고 하

린이는 외투에 달린 모자를 쓰고 비를 맞으며 자주 집까지 걸어갔다. 나는 웬만해서는 우산을 쓰지 않는다. 비가 많이 오면 그칠 때까지 카페에서 기다리든지 적당히 내리면 그냥 맞는 편이다. 특히 파리에서는 우산을 써본 적이 없다. 우산을 쓰고 다닐 정도로 바쁘지 않았다. 하린이와 비를 맞으며 걸어가는 동안 둘이 이런 비를 함께 맞으면서 파리를 걷는 게 얼마나 축복인가 생각했다.

비를 맞고 다락방에 도착하면 먼 시간 동안 다른 행성을 여행하고 돌아온 것처럼 느껴졌다. 젖어서 무거운 옷을

벗고 따뜻한 물로 샤워를 하고 식탁에 앉으면 어김없이 바람이 불어왔다.

어둠 속 빗줄기, 밝은 실내에서 바라보는 비 오는 날의 풍경.

지금까지 그림을 그리는 이유

"교수님 그림을 잘 그리시네요."

이런 말을 들으면 당혹스럽다. 내 그림이 뭔가 잘못된 걸까 하는 생각까지 든다. 어떻게 보면 그림은 나의 가장 사적인 공간에 방치된 잡다한 파편과 같다. 완성된 형태로 존재하지 않고 언젠가 치워야만 하는 혼란스러운 잡동사니.

그림은 전적으로 나를 위해서 그린다. 이 말은 의식하지 않고 그린다는 의미다. 내가 그림 그리는 순간을 철저히 즐기면 그것으로 끝이다.

누구나 그런 것처럼 초등학교 이전부터 그림을 그렸다. 아직도 생각나는 기억은 초등학생 시절 미술 시간에 크레용을 안 가져갔는데 선생님이 나를 교탁에 앉히더니 아이들에게 나를 모델로 그림을 그리게 했던 일이다. 수많은 눈동자들이 나를 쳐다보고 그림을 그리는 모습을 지켜보았다. 도화지 위의 내 모습이 교실 뒤편 게시판에 걸렸다. 까만 교복을 입고 있는 꼬질꼬질한 내 모습이 여과없이 나타났다. 일단 창피했고, 그다음에는 옷을 잘 빨아 입어야겠다는 생각이 들었다. 객관적으로 보여진 나의 모습을 통해 내 생각이 바뀐 것이다. 인생은 이렇듯 사소한 깨달음에 의해서 어른이 되어가는 과정이다.

그건 그렇고, 당시 집 툇마루에 앉아 그림을 그렸던 생각이 난다. 만화책을 많이 봤으니 당연히 만화 주인공을 그렸다. 그때는 타이거 마스크 만화가 대세였다.

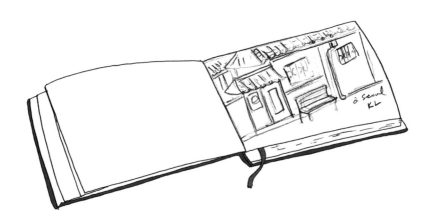

항상 뭔가를 끄적이는 습관이 있다. 세미나 시간에 지루한 이야기가 오가면 종이에 그림을 그리곤 한다. 가끔 모임에서 삘이 오는 여성이 있으면 스케치를 한다. 그 여인에게 마음이 있어서가 아니라 멋진 모습을 보고, 그 멋진 모습을 그리고 싶은 생각이 들어서다. 길을 걷다가 멋진 풍경이 보이면 그 풍경을 마음속 폴라로이드 사진기로 기록한다. 한가한 시간 그 풍경을 종이에 옮겨 그린다.

파리에 가면 마음속 폴라로이드 사진기로 담고 싶은 장면과 풍경이 많다. 서울에서보다 여유가 많아서일 것이다. 그림은 이렇듯 여유로운 마음에서 나온다. 물론 내 경우에만 해당된다. 치열하게 그림을 그리는 예술가들에게는 그들 나름의 세계가 존재할 테고 그 영역은 내 영역과는 분명 다르다.

그림을 그리는 순간이 제일 행복하다. 공부하는 틈틈이, 지루한 세미나를 듣는 시간, 앞에 앉은 아름다운 여인의 모습이 가슴속으로 다가오는 순간, 카페테라스 테이블 위에 놓인 맥주 잔에 멋진 바람이 스쳐가는 순간. 내 마음의 폴라로이드 사진기가 작동한다.

몽파르노들의 삶의 무대
몽파르나스

　파리에서 제일 익숙한 곳은 몽파르나스 지역이다. 수많은 파리의 지역을 쫓겨다니듯 이사 다니다 지금 정착한 곳은 몽파르나스 근처 파리 14구에 있는 다락방이다. 당연한 말이지만 방은 건물의 제일 위쪽에 있다.

　파리에서 학회가 있어 제랄과 함께 몽파르나스역 근처를 지나는데 제랄이 손가락으로 한 건물을 가리키며 여기서 산 적이 있었다고 말했다. 당시 집세는 250유로였다고 했다. 화장실은 공용이고, 겨울엔 춥고, 여름엔 덥고, 뭐 이런 다락방 아니었을까? 하지만 봄과 가을엔 더 없는 행복한 바람이 불고, 파리의 멋진 하늘을 혼자 가질 수 있는 다락방. 파리의 다락방을 누추하다고 볼 수 있지만 프랑스에 사는 젊은 친구들에겐 로망 중 하나다. 젊음을 통과하는

크레프는 디저트일까 간식일까?

버터 25g

버터가 없으면 식용유

밀가루

박력분 250g

설탕 100g

럼주 작은 티스푼 하나

스프링 휘핑기

바닐라액

계란 2개

계피 가루

우유 500cc

소금 6g

멋진 추억을 만드는 곳이 다락방이다. 마치 드라마에 나오는 우리의 옥탑방과 같다

14구는 훌륭한 곳이다. 멋진 카페도 많고, 오래되고 맛있는 비스트로도 많고, 다양하고 멋진 상점도 많고, 외롭지 않게 산책할 수 있는 골목도 많다. 몽파르나스는 역이 있어 파리의 다른 구역보다 활기차다. 19세기부터 20세기 초까지만 해도 이 지역은 파리에서 가장 가난한 사람들이 사는 지역이었다. 빅토르 위고의 『레미제라블』에 나오는 가난한 사람들은 몽파르나스에 사는 사람들을 모델로 한 것이

다. 당시 이 근처엔 가죽 공장과 종이 공장이 많았지만 이후 환경론자들에 의해 폐쇄되었다. 산업 폐수로 악취가 나던 곳을 대형 문화센터로 개조하고 대학을 세우고, 영화관을 만들고, 고층 빌딩을 세우고, 사무실을 만들고 지하철을 놓았다. 그러자 빠른 속도로 이곳에 이민자들이 정착하기 시작했다. 특히 대서양의 브르타뉴 사람들이 이곳에 정착했다.

브르타뉴로 출발하는 몽파르나스역 근처는 자연스럽게 브르타뉴 대표 음식인 크레프를 파는 가게들이 많이 들

두껍지 않게 얇지 않게
약한 불에 크레프 반죽을 굽는다,

선불은 안됨!

계란을 하나 깬 다음 포크로 휘저어 준다

소금과 후추로 간을 맞춘다

치즈와 햄을 넣으면
배가 부르죠!

포크를 이용해
잘 접어 주세요

이건 간식이고

어섰다. 크레프 전문은 제랄이다. 브르타뉴 전통 레시피를 자랑하는 제랄. 크레프와 시드르를 마음속 프라이드로 간직하고 사는 전통 부레톤breton! 알고 보면 크레프처럼 간단한 요리가 없다. 뭐 간단하다고 프라이드가 사라지는 건아니지만. 크레프는 멋진 디저트이자, 간식이자, 요리다!

그건 그렇고, 이곳에 69층의 고층 빌딩이 들어선 건1972년이다. 이 빌딩은 주로 사무실로 쓰이는데 일반인에게 공개되는 56층과 59층, 옥상 테라스엔 파리에서 제일 높은 전망대가 있다. 자연스럽게 역 근처는 상업 지구가 되었다.

19세기 파리에서 제일 물 좋은 동네는 몽마르트였다. 예술가들의 아지트였다. 하지만 가난한 예술가들이 몽마르트를 떠나 옮겨간 곳이 몽파르나스다. 이 지역은 2차 세계대전이 발발할 때까지 근 40년간 예술로 꽃피운다. 지하철 4호선 바뱅역 사거리엔 네 개의 유명한 카페가 있다. 돔을 의미하는 카페 르돔Le Dome, 원형의 정자라는 의미의 카페 라통드La Rotonde, 둥근 천장 지붕을 의미하는 카페 라 쿠폴La Coupole, 선택된 곳이라는 뜻의 르 셀렉트Le Select. 이 지역 카페에 수많은 예술가들이 드나들었고 그 예술가들을 몽파르노라고 불렀다.

피츠제럴드의 『다시 찾아온 바빌

크레페에는 와인이 아니라 시드르인거 아시죠?!

헛 탈네

185

론』에 "파리 센강의 좌안"이라는 말이 나온다. 이곳은 파리 센강의 왼쪽 지역인 몽파르나스를 가리킨다.

피츠제럴드가 자주 들렀던 카페들이 이곳에 있다. 피츠제럴드와 그의 부인 젤다 세이어, 헤밍웨이, 헨리 밀러, 막스 자코브, 피카소, 마티스, 모딜리아니, 앙드레 말로, 사르트르의 1920년대 예술적 삶의 무대가 이곳이다.

이미 명성을 얻은 피츠제럴드가 배로 대서양을 횡단해 헤밍웨이를 만나 자신도 한 권밖에 남지 않은 소설 『위대한 개츠비』를 누군가에게 빌려줬는데 돌려받는 대로 한번 읽어보라고 한 곳이 카페 라 클로즈리 데 릴라La Closerie des Lilas였다. 그 당시 헤밍웨이는 노트르담 데 샹 거리에 있는 제재소 건물 꼭대기 층 다락방에서 살았다. 그의 다락방에서 가까운 곳에 이 카페가 있었다. 헤밍웨이는 이 카페테라스에 앉아서 연필을 깎아가며 파리의 풍경을 보며 노트에 글을 썼다.

라 클로즈리 데 릴라는 1847년에 문을 열었다. 푸른 나무들이 카페테라스를 감싸고 있고 카페의 이름처럼 향기로운 라일락 정원이 무도장처럼 존재감을 뿜내고 있다. 피츠제럴드가 헤밍웨이에게 왜 이 카페를 좋아하는지 물

Francis
Scott
Fitzgerald

었다. 그는 피츠제럴드에게 이곳이 오래전부터 정든 장소였다고 이야기해준다. 그러자 피츠제럴드도 이 카페에 호감을 갖게 된다. 1921년에서 1926년까지 파리에서 지낸 이야기를 회상한 책 헤밍웨이의 『파리는 날마다 축제』에는 "이제부터 그곳을 좋아하려는 그와 오래전부터 그곳을 좋아하는 나는 그렇게 라 클로즈리 데 릴라에 앉아 한동안 이야기를 나눴다"라는 구절이 있다.

르 셀렉트는 헤밍웨이가 자주 들락거렸던 카페다. 입구에 음이 맞지 않아 둔탁한 소리를 내는 피아노를 치는 사람이 있고 홀에 들어가면 오른편에 바가 있다. 이곳에 들어오는 사람들의 시선은 항상 헤밍웨이가 앉았던 바 자리에 모인다. 그 자리에 헤밍웨이의 이름이 새겨진 동판이 볼트로 단단하게 박혀 있다.

이 카페는 타르타르가 맛있기로 유명한 집이다. 주말엔 타르타르를 먹으려는 파리지앵들로 카페가 꽉 찬다. 이집은 타르타르를 시키면 레스토랑 한 켠에 보이는 테이블에서 고기와 야채, 우스터 소스를 냄비에 넣고 직접 섞어서 만들어주는 것이 특징이다. 이 우스터 소스가 안 들어가면

타르타르의 맛이 안 난다. 그건 그렇고, 헤밍웨이가 자주 드나들던 그 시절에도 타르타르를 먹었을까?

또 다른 이야기지만 1876년 쥘 베른은 소설 『미셸 스트로고프Michel Strogoff』를 쓴다. 이 소설의 주인공인 미셸 스트로고프가 러시아의 황제 알렉산드르 3세의 밀사로 활약하던 중 타타르족에게 잡혀 포로가 된다. 여기에서도 타르타르가 나온다. 쥘 베른 소설의 영향이었을까? 1889년 5월, 에펠탑이 완공되고 2층에는 고급 식당이 문을 연다. 이 식당의 메뉴로 타르타르가 소개되고 유명해진다. 그 후로 타르타르는 몽파르나스 라 클로즈리 데 릴라에서도 메뉴로 선택된다. 타르타르는 자연스럽게 "배고픔은 훌륭한 교훈이다"라고 생각한 헤밍웨이를 포함해 이 카페를 드나들던 몽파르노들이 허기질 때 찾는 메뉴가 되지 않았을까?

하지만 어떤 문헌을 봐도 몽파르노들이 타르타르 요리를 먹었다는 언급을 찾아볼 수 없다. 어딘가의 소설이나 글에 나올 것 같다. 앞으로 계속 찾아보는 것은 내 숙제다.

최근 내가 사는 14구 다락방 근처에 타르타르 요리를 맛있게 하는 레스토랑 레 통통Les Tontons을 발견했다. 실내는 오래되고 견고한 레스토랑의 틀을 가지고 있다. 수염을

기른 주인은 친절하다. 가격은 디저트까지 포함해 17.9유로면 나쁘지 않다. 길을 지나다 우연히 찾은 레스토랑이긴 하지만 이곳에서 많은 추억을 쌓아가고 있다. 서울로 가면 당연히 그리워할 것이고 다시 파리에 온다면 이 집을 찾을 것이다. 쉽게 사라지거나 없어지지 않는 파리의 습성상 이 레스토랑 역시 지금까지 있었던 것처럼 앞으로도 있어줄 것이다.

추억할 수 있는 장소가 있다는 것은 추억을 공유할 수 있는 옛 애인이 있는 것과 마찬가지 아닐까? 함께 맛있게 먹었고, 함께 오랜 시간을 머물렀고, 함께 즐거운 대화를 나눴고, 내가 가진 기억의 시간과 공간을 함께 추억할 수 있는 상대가 있다는 건 정말 멋진 일이다.

새벽마다 이루어지는 예술품

아침 7시. 바게트를 사는 사람들이 외투를 걸치고 빵집으로 들어온다. 손에 동전을 든 사람들도 보인다. 아무리 이른 아침이라도 빵집 앞은 2~3명이 줄 서 있는 풍경이다. 그들도 나처럼 새벽을 기다린 걸까?

혼자 사는 사람은 반쪽으로 자른 바게트 드미demi 빵을 산다. 바게트는 6시간이 지나면 딱딱해지고 맛이 없어진다. 그래서 따뜻할 때 남기지 않고 먹는 것이 중요하다. 반을 주문하면 빵집 직원이 작두 같은 칼로 아무런 불평 없이 정확히 잘라준다. 1유로도 안 되는 것을 반으로 잘라서 팔다니 김밥을 반줄만 팔라는 얘기와 같아서 처음엔 파는 사람이 기분 나쁘지 않을까 하는 생각도 들었다. 하지만 하나를 사면 다 먹지 못하는 경우가 대부분이라서 사람들

192

은 주로 반쪽씩 산다.

　내가 사는 동네 500미터 반경 내에는 네 곳의 빵집이 있다. 한 곳은 슈퍼 앞에 있는 빵집으로 슈퍼가 문을 여는 아침 7시에 문을 열고 슈퍼가 문을 닫는 저녁 9시에 문을 닫는다. 빵집은 보통 겨울엔 아침 7시 반에 문을 열고 봄에는 아침 7시에서 저녁 8시까지 문을 연다. 빵집 세 곳은 일주일에 한 번 문을 닫는다. 화요일에 문을 닫는 빵집이 있고 월요일에 문을 닫는 빵집이 있다. 세 곳이 한꺼번에 다 닫지는 않는다. 바캉스 때나 휴일에도 세 곳 중 하나는 꼭 문을 연다. 빵집이 쉬는 날을 모르면 세 곳을 돌아다녀도 겨우 빵 한쪽을 구하게 된다.

　이 세 곳의 빵 맛은 다 다르다. 주로 한 곳을 단골로 정해서 빵을 사 먹지만 문을 닫는 날은 두 번째 빵집으로 간다. 바캉스 기간에는 할 수 없이 세 번째 빵집으로 가고, 일이 늦게 끝나면 슈퍼 앞 빵집에 가서 빵을 산다.

　서울에서 친지들이 우르르 오면 가끔 슈퍼 앞 빵집에서 어쩔 수 없이 빵을 사는 경우가 있다. 크루아상이나 뺑드쇼콜라를 사는데 세일을 하면 3유로에 네 개를 판다. 크루아상 한 개가 보통 1유로 정도이니 싼 가격이다. 사온 빵을 식탁에 잔뜩 쌓아놓고 간식으로 때로는 주식으로 먹는다. 식구들이 빵을 먹는 걸 보면서 '정말 맛있나?!' 하는 생각을 속으로 몰래 한 적이 있다. 사실 나는 슈퍼 앞 빵집의 빵을 별로 선호하지 않는다. 친지들이 서울로 돌아가 카톡으로 "아침에 먹던 그 크루아상이 그립다!" 이런 문자를 보내면 마음이 찔리기도 한다.

블랑제리boulangerie(제빵)와 파티스리patisserie(제과)는 차이가 있다. 파티스리는 일반적인 디저트를 담당하는 곳이다. 블랑제리는 빵만을 만드는 곳으로 가게에 아티장artisan 블랑제리라고 쓰여 있다. 아티장 제빵은 직접 밀가루를 반죽해서 빵을 만드는 것에서부터 판매하는 것까지 모든 것을 관리한다. 하지만 슈퍼와 함께 붙어 있는 일반 빵집은 아티장이라는 말을 쓸 수 없다. 냉동 빵을 오븐에 구워 내놓는 정도니까. 파리에 와서는 꼭 아티장 블랑제리에서 만든 빵을 먹어야 한다.

빵집에서 파는 빵은 다섯 가지의 기본 형태가 있다. 첫째 밀가루에 소금과 물을 넣어 만든 저배합의 하드 타입 바게트와 하드롤, 둘째 버터나 우유 같은 지방을 많이 넣

어 만든 소프트 타입의 브리오슈brioche와 크루아상, 셋째
모양이 크고 거친 시골 빵 쁘띠 깜빠뉴petit campanu, 넷째 두
번 구운 비스코트biscotte, 다섯째 과자 종류인 사바랭savarin
이나 바바baba다.

바게트는 19세기 중반 오스트리아 빈에서 처음 만들어졌다. 만드는 방법은 단순하다. 밀가루에 소금과 물을 넣고 배합하여 길고 딱딱하게 반죽한 것을 350그램으로 분할하여 67~68센티미터 길이로 구우면 끝이다. 겉은 딱딱하고 거칠지만 윤이 나고 속은 부드럽고 공기 방울 같은 구멍이 많이 나 있다. 바게트의 매력은 껍질은 딱딱하고 바삭바삭하지만 속은 부드럽고 쫄깃한 거다. 또 한 가지 매력은 반죽에 넣은 칼집이 구워지면서 표면이 자연스럽게 터져 생긴 경사진 문양이다.

어떻게든지 발효된 밀가루를 구우면 빵이 되고 부풀어 터지게 돼 있다. 그 터짐을 관장하는 것은 빵을 만든 사람 블랑제boulanger의 몫이다. 파리의 새벽 시간에 만들어지는 바게트. 하루하루 새벽마다 완성되는 예술품. 우린 블랑제가 정성스럽게 만든 예술품을 감상하면서 맛있게 먹으면 된다. 아침 7시, 일어나자마자 파리의 단골 블랑제리로 달려가는 이유다.

이상야릇한 매력의
버터 종지가 필요한 이유

버터는 사람의 피부처럼 온도에 민감하다. 버터를 냉장고에서 꺼내놓으면 부드러워진다. 하지만 냉장고에 들어가면 얼어버린다. 이 상태로 바게트에 발라 먹기엔 무리다. 버터가 온도에 따라 변하는 것은 생명체처럼 살아 있다는 증거가 아닐까?

프랑스어로 버터는 뵈르beurre다. 프랑스 버터는 무가염 버터와 가염 버터, 두 가지 종류가 있다. 주로 동네 요일장에서 이 두 종류의 버터를 사다 먹는다. 어떤 날은 무염, 어떤 날은 짭조름한 가염. 몸이 요구하는 버터를 먹는다. 버터는 만들어진 계절에 따라 색이 다르다. 겨울 건초를 먹은 소의 우유로 만들어진 버터는 하얀색을 띤다. 이 버터의 맛은 밋밋하다. 여름과 가을의 건초를 먹은 소의 우유로 만

든 버터는 노란 황금색이다. 건강한 목초와 들꽃을 먹은 우유로 만든 버터는 맛이 강하고 입안에 여운이 남는다.

버터의 기원은 인류의 역사와 함께한다. 기원전 3천 년 바빌로니아에서 처음 만들어졌다는 설도 있고 기원전 5천 년 인도에서 처음 만들어졌다는 설도 있다. 구약성서에도 버터에 대한 기록이 남아 있으니 인류의 음식이라고 볼 수 있다. 그리스 로마 시대에는 주로 음식에 올리브기름을 사용했고 버터는 연고나 약품의 일종이었다. 목축에 의존한 알프스나 히말라야 산악 지방에서는 가죽주머니에 우유를 넣고 흔들어 교반시키는 방법으로 버터를 만들어 먹었다. 중세까지 버터는 귀한 것이었다.

그러나 크림 분리기가 개발된 후부터 버터는 대량 생산이 가능해졌다. 버터를 만드는 방법은 의외로 간단하다. 우유를 크림 분리기에 넣고 돌리면 원심력에 의해 비중에 따라 몇 가지로 나뉘는데, 이 과정에서 가벼운 우유 지방을 함유하고 있는 크림을 분리할 수 있다. 이 크림을 살짝 끓여 살균한 후 냉각시켜 숙성시킨 후 5도 정도에서 하루를 더 숙성시킨다. 이 숙성된 크림을 믹서기에 넣고 돌리면 노란 버터 덩어리가 만들어진다. 작은 지방 입자가 믹서기에서 서로 충돌하면서 입자 크기가 커지고 지방 덩어리가 된다. 이 지방 덩어리가 버터 입자다. 이것을 흐르는 물에 주물럭주물럭하면 수분이 제거되고 순수한 버터 덩어리만 남게 된다.

버터를 주물럭주물럭거리면 손의 촉감이 로션을 바른 것 같아 그렇게 부드러울 수 없다. 여기에 소금을 넣으면 가염 버터가 된다. 버터는 중량에 따라 소금을 첨가해야 적당한 염미가 있고 보존성이 좋다. 버터는 종류에 따라 부드러운 맛, 중간 짠맛, 짠맛 세 가지가 있다.

짠맛 버터는 8~10퍼센트가 소금이다. 이 버터를 바게트에 발라 먹으면 혀에 염분이 전해져서 자극되지만 버터가 녹듯이 스며드는 염분의 맛을 느낄 수 있다. 짠맛 버터는 스테이크를 구울 때 사용하면 고기의 풍미가 깊어진다.

중간 짠맛의 버터는 해물 요리를 할 때나 빵에 발라 먹으면 좋다. 소금 양이 1~2퍼센트로 적어 맛이 부드럽고 아침 식사로 먹거나 디저트용 제과에 사용하면 좋다.

마트 냉장실에 가면 버터는 대부분 250그램 단위로 개별 포장되어 있다. 보통 250그램용 버터를 구입해 냉장고에 보관하면 2~3주 안에 다 먹는다. 버터는 지방질로 이루

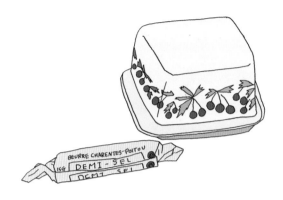

어져 있어서 장시간 식탁에 놓아두면 공기와 접촉해 산화된다. 그래서 버터는 기름종이에 싸서 냉장고에 보관해야 한다. 보통 버터를 샀을 때 싸여 있는 금박종이와 함께 보관하면 괜찮다. 문제는 몇 번 냉장고에서 꺼냈다 넣었다 하다 보면 이리저리 치여 종이가 너덜해진다. 그래서 버터 보관 용기가 필요하다. 버터 보관 용기도 각양각색이다. 일반적으로는 유리 용기가 많다.

얼마 전 건강진단을 받았는데 콜레스테롤 수치가 조금 높게 나왔다. 의사가 먹는 거를 좀 주의하시면 될 것 같다고 했지만 걱정이 되었다. 버터를 줄여야겠다는 생각이

들었다. 큰 통에 버터를 넣고 바게
트에 발라 먹다 보면 얼마큼 먹
는지도 모르고 먹게 된다.

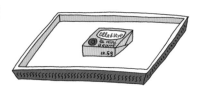

　그런데 최근에 좋
은 방법을 찾았다. 낱개
로 포장된 12.5그램짜
리 버터를 사서 냉장
고에 넣고 그때그때
꺼내서 먹는 것이다.
냉장고에서 버터를
꺼내면 적당히 녹기를
기다려야 한다. 빵을 사러

가기 전에 포장된 버터를 종지에 꺼내놓고 다녀오면 버터
가 녹아 있어 발라 먹기 편하다. 물론 포장지를 벗긴 상태
로 종지에 넣는다. 하루에 먹는 버터의 양은 12그램 정도
가 적당하다. 블록으로 된 버터를 먹을 때는 먹는 양을 몰
랐는데 12.5그램짜리 버터는 얼마나 먹었는지 알 수 있어
좋다. 이상야릇한 매력으로 식탁 위에 굴러다니는 버터 종
지가 필요한 이유다.

    2017년 파리에서는 버터 가격이 오르고 일시적으로 품귀 현상이 일어났다. 버터가 없는 프랑스 세상은 상상할 수 없다. 한국의 고추장 같은 존재가 프랑스의 버터다. 프랑스에서 버터 품귀 현상은 마치 주유소에서 가솔린의 품귀 현상이 일어난 것과 같다. 프랑스인들은 1인당 8.2킬로그램의 버터를 먹는다. 이 수치는 유럽연합 평균보다 2배 이상 높은 수치다. 미국에 비해서는 3배가 넘는 수치다.

    아침에 일어나 버터 종지에 버터를 꺼내놓고, 커피를 끓이고, 집을 나서 빵집에서 따뜻한 빵을 사와 식사를 하고 하루를 시작하는 것. 프랑스에서 가장 중요한 행복이 아닐까?

이토록 살아 있는
보석을 마신다니!

프랑스는 술에 대해 항상 열려 있다. 관대하다고나 할까?! '자신을 위해 술이 존재하지 술을 위해 자신이 존재하지 않는다'라는 것을 어려서부터 교육받는다. 마시지만 '즐겁기 위해 마신다'라는 것에서 술의 존재가 시작된다. 이 선이 무너지면 알코올중독자가 되는 것이다.

열려 있는 술 중에 최고를 꼽으라면 나는 단연 샴페인을 뽑겠다. 최고의 술인 동시에 마법과 같은 약물이다. 잔에 따르면 살아 있음을 증명하는 작고 균일한 거품이 중력을 이기고 올라온다. 그 투명한 색은 아름답기까지 하다. 지구상에서 이토록 살아 있는 보석을 본 적 없다. 그리고 이 보석을 마실 수 있다니!

초대받아 간 자리에서 식탁에 앉기 전에 아페리티프

로 샴페인을 대접받았다면 최고의 대우다. 초대된 집의 거실이나 테라스 정원에서 샴페인 한 모금을 마시는 순간 마시기 전과 후로 시간이 나뉘어진다. 마법과 같이 마시기 전의 시간들은 사라진다. 그리고 현재의 시간으로 시선을 돌려놓는다. 이건 삶의 축복이다. 현재를 즐길 수 있는 에너지를 순간적으로 얻을 수 있는 가장 안전한 약물이 샴페인이다.

샴페인은 아페리티프의 꽃이다. 샴페인을 빈속에 한 잔 마시면 투명한 유리잔 바닥에서 올라오는 기포처럼 순간적으로 기분이 좋아진다. 경험해보지 않으면 모른다. 이런 순간이 하루에 몇 번, 일주일에 몇 번, 한 달에 몇 번, 일년에 몇 번이나 오겠는가?! 입안은 청량함으로 가득찬다. 들이키는 순간 코로 들어오는 과일과 꽃 향은 모든 것을 빨아들여 모든 것을 잊게 한다.

샴페인의 단점이 있다면 비싸다는 거다. 만드는 과정에서 손이 많이 간다. 그래서 당연히 비싸다고 생각하면 받아들이기 쉽지만 비싸기 때문에 마법의 효과가 배가 되는지 모른다.

샴페인을 만드는 포도는 비싼 품종으로 피노누아르

pinot noir, 피노 뫼니에르pinot meunier 그리고 청포도 샤르도네chardonnay다. 이 세 가지 포도를 브랜딩해 사용한다. 꼭 세 가지를 브랜딩하는 것이 아니라 샴페인 하우스에 따라 한 품종으로만 만드는 경우도 있다. 포도를 압착한 후 3~8주 동안 1차 발효를 시키고 그 후 병에 넣는데 설탕과 효모를 첨가해 2차 발효를 시킨다. 2차 발효를 할 때는 병을 옆으로 눕혀 수개월 동안 영상 10~12도에서 보관한다. 이 발효 과정에서 샴페인의 생명인 탄산가스가 만들어진다.

병 속에서 2차 발효가 끝나면 특별한 방법으로 효모의

찌꺼기를 제거한다. 병을 거꾸로 세워 돌려가면서 병 입구에 찌꺼기가 쌓이게 한다. 이 작업을 병 돌리기, 즉 르 르뮈아주Le Remuage라고 부르는데 약 6~8주간의 긴 시간이 걸린다. 이 과정이 끝나면 병을 거꾸로 해서 영하 25~30도로 냉각한 후 소금물에 병 입구를 잠기게 하여 얼린 뒤 충격을 가한다. 그러면 병 속에 남아 있는 가스의 힘으로 찌꺼기가 밖으로 튕겨나온다. 이를 르 데고르주망Le Degorgement이라고 한다. 다음으로 샴페인에 당분을 채우는 르 도자주 Le Dosage 과정이 있다. 부족해진 당분과 와인의 양을 채운 다음 코르크 마개가 병의 압력을 이겨낼 수 있도록 철사로 만든 고리가 달린 병마개로 막아 샴페인을 완성한다. 이렇게 하지 않으면 병 속의 탄산가스의 압력으로 코르크 마개가 견디지 못한다. 이 얼마나 복잡하고 긴 과정인가?! 비싼 이유가 있다.

샴페인 맛의 핵심은 온도다. 맥주처럼 차게 마셔야 한다. 서늘한 곳에 보관된 샴페인이라도 마실 때는 얼음물 정도의 온도로 마셔야 한다. 얼음물이 담긴 버킷에 담궈놓고 마시면 아주 적당하다. 기포가 힘 있게 살아 움직이고 향이 코를 감싸는 온도는 6~8도다.

샴페인은 마시는 잔이 중요하다. 잔이 안 맞으면 샴페인의 향미나 기포를 즐길 수 없다. 특히 플라스틱 컵으로 샴페인을 마시는 건 있을 수 없는 일이다. 샴페인 잔은 주둥이가 넓은 반달 형태가 좋다. 아주 속된 표현으로 공작부인의 가슴을 만진다고 생각하면서 잔을 가볍게 잡고 마셔야 한다.

다리가 길어 플루트Flute로 불리는 샴페인 잔은 주둥이가 좁고 길쭉한 모양으로 컵의 중간 부분이 두툼한 잔이다. 이 잔은 화이트와인을 마실 때 좋고 식전주인 복분자로 만든 부르고뉴의 키르Kir, 포르투갈의 포르투Porto, 아몬드 씨로 만든 아마르기나Amarguinha나 가벼운 칵테일을 마실 때도 좋다. 이 잔은 샴페인의 향과 기포가 가능한 한 오래 남을 수 있도록 해주고 손의 온도가 샴페인 잔에 직접 닿지 않아 미지근해지는 것을 막아준다.

샴페인을 흔들어 따는 것은 실례다. 요란하게 거품을 내며 샴페인을 터뜨리는 건 운동 경기에서나 하는 거다. 비싼 탄산과 향을 온전히 즐기기 위해서는 한 손을 이용해 코르크 마개를 누르고 다른 손으로 와이어 철사를 풀어 천천히 부드럽게 코르크를 빼내면 된다.

샴페인은 일반적으로 여러 지역의 포도를 브랜딩하기 때문에 라벨에 생산 연도가 없다. 하지만 맛의 정도에 따라 단맛이 없는 것부터 엑스트라 브뤼Extra Brut, 브뤼Brut, 드라이한 맛의 엑스트라 세크Extra Sec, 세크Sec, 반 정도의 단맛이 나는 데미 세크Demi-Sec, 부드럽고 달콤한 두Doux로 라벨에 표기된다. 블랑 드 블랑Blanc de Blanc은 청포도만을 사용한 샴페인으로 맛이 섬세하다. 블랑 드 누아르Blanc de Noir는 적포도로 만든 샴페인으로 깊은 맛을 낸다.

만든 장소에 따라 샴페인이라고 할 수 있을지 없을지 구분 지을 수 있다. 샴페인은 프랑스 북동부의 평지인 샹파뉴 지역에서 생산되는 발포성 스파클링 와인을 말한다. 이 지역 외에 다른 곳에서 생산되는 발포성 와인을 샴페인이라고 부를 수 없다. 부르고뉴, 알자스 지역 등에서 생산된 것은 '크레망crement', 보르도 등 다른 지역들에서 생산된 것은 '뱅 무쇠vin Mousseux'라고 한다. 이탈리아에서 만든 것은 '스푸만테spumante', 스페인에서 만든 것은 '카바cava', 독일에서 만든 것은 '젝트sekt'라고 부른다. 한마디로 샴페인은 스파클링 와인이지만 모든 스파클링 와인을 샴페인이라고 할 수 없다.

주말이면 식사를 하기 전에 아페리티프로 알코올 11도 정도의 루아르 지역에서 생산된 뱅 무쇠를 마신다. 샴페인을 매일 마시는 사람도 있겠지만 부담스러운 가격이다. 술값에 '0'이 하나 더 붙는다. 특별한 날, 축하해야 할 날, 크리스마스와 같은 명절 날 마시는 술이다. 이 마법 같은 아페리티프가 위에서는 음식을 맞이할 준비를 해주고 마음에서는 식사를 즐길 준비를 해준다.

브르타뉴 연구소에서도 가끔 샴페인을 마신다. 같이 일하는 사람이 퇴직을 하면 송별식 때 샴페인을 마신다. 회의실에 연구원들이 모여서 잘 닦인 샴페인 잔으로 건배를 하고 꽃을 선물한다. '샴페인과 꽃 그리고 우정' 이런 단어가 생각 나 좋았던 기억이 난다. 서울 연구실에서도 샴페인을 마셔보고 싶은 생각이 들기도 하지만 깨끗한 샴페인 잔을 준비해야 하는 것과 좋은 샴페인을 저온에서 잘 보관해야 하는 것이 보통 일은 아니다. 또 한 가지 걱정거리는 한 병으로 절대 끝나지 않을 것 같다는 점이다. 어쨌든 내가 이런 이야기를 주저리주저리 하는 것은 샴페인에 대한 애정 때문이다. 보석을 마신다니 상상만 해도 살아 있는 순간이 아닌가?!

노르망디에서 마시는
칼바도스

내가 아는 노르망디 지방을 이야기하라면 크림, 버터, 카망베르, 크레프, 사과, 사과술 시드르, 예술의 경지에 있는 칼바도스, 해안가, 안개, 바람, 신선한 생선, 굴… 끝이 없다.

프랑스의 북부 영불해협에 접해 있는 이 지역은 9세기경 북방 바이킹족인 노르망디인이 침략해 들어와 살기 시작하면서 노르망디라고 불리게 되었다. 뒤늦은 15세기 중엽 노르망디는 프랑스 영토로 귀속된다. 노르망디의 중심 도시는 파리와 가까운 루앙과 파리 북서쪽의 르아브르다. 해안에는 셰르부르, 페캉, 디에프 등의 항구와 도빌 등의 해수욕장이 있다. 해안 연안에 있는 이 도시들은 꿈의 휴양지다. 파리에서 제일 쉽게 떠날 수 있는 바닷가다.

    1966년에 제작된 클로드 를르슈 감독의 프랑스 영화 「남과 녀」의 무대가 된 도빌은 평범한 해수욕장이 아니다. 클로드 감독이 영감을 얻은 곳이 도빌의 새벽 바닷가다. 영화에 실패한 절망적인 감독이 파리에서 자동차를 몰고 위안을 얻기 위해 새벽에 도달할 수 있는 있는 곳이 도빌이다. 바닷가 모래사장, 안개, 회색빛 하늘과 바다. 코트를 여미고 도빌 새벽 바닷가를 강아지와 산책하는 모습을 보면 그의 영화 「남과 녀」의 스토리가 저절로 읽힌다. 남자와 여자의 섬세한 심리, 흔들림, 모노크롬 색상의 사랑은 도빌의 새벽 바닷가가 만든 영화임에 틀림이 없다.

이 지역은 안개가 많이 끼고 바닷바람이 세다. 겨울엔 코트를 젖게 만드는 회색 안개가 노르망디 해안가를 뒤덮는다. 사랑하는 사람과 늦은 밤 파리를 출발해 새벽을 향해 차를 몰고 도빌로 가는 국도 속 풍경은 내가 지금까지 경험해본 가장 아름답고 환상적인 기억 중 하나다. 해가 뜨고 안개가 사라지면 청명한 햇살이 투명한 하늘을 만든다. 갑자기 푸른 하늘에서 맑은 빗방울이 떨어지기가 바쁘게 무지개를 만든다. 하루라는 시간이 만드는 풍경이 이렇게 다양할 수 있을까?

노르망디 지평선에 드리워진 초원에는 방풍림을 배경으로 한 풍경이 이어진다. 집들도 돌로 된 토대 위에 지은 독특한 가옥들이 많다. 노르망디와 파리의 풍경은 집 모양으로 확연히 구분된다. 드넓은 초원에는 토담 위에 빽빽하게 나무를 심어 각 소유지의 경계를 표시한 보카쥬bocage가

펼쳐져 있다. 농장, 밭, 목초지의 경계가 풍경을 해치지 않고 자연스럽게 어우러진다.

노르망디에서는 기후 때문에 포도가 생산되지 않는다. 농가 대부분이 낙농과 관련된 일을 한다. 포도 대신 사과를 재배한다. 지천으로 깔려 있는 사과나무에서 떨어져 썩고 있는 사과를 보면 재배한다는 표현보다 방치한다는 표현이 맞다는 생각이 든다. 노르망디의 공기에는 사과나무에서 떨어진 사과와 광에서 썩어가고 있는 사과가 만들어내는 향이 떠다닌다.

노르망디에서는 사과로 시드르라는 사과주를 만든다. 어느 농가를 가더라도 부지런한 노르망디의 농부들이 만든 시드르가 광에 그득하고 늘 식탁에 놓여 있다. 주스처럼 시드르를 마신다.

시드르는 샴페인처럼 탄산가스가 포함되어 있다. 알코올은 5도 정도이다. 이 시드르를 발효시켜 증류하면 알코올이 54도인 칼바도스가 만들어진다. 칼바도스는 고된 일을 마친 노르망디 농부에게는 더할 나위 없는 술이다.

노르망디에 가서 주말을 보내는 여행 프로그램이 많다. 인터넷에 많이 소개되어 있고 의외로 비싸지도 않다.

뭔가를 배우면서 프랑스 농가의 삶을 느낄 수 있어 해볼 만하다. 천연 효모 빵을 만드는 방법과 버터와 치즈 만드는 방법을 배울 수 있다. 체험하는 것이 아니라 같이 일하면서 가족처럼 그들과 함께 시간을 보내는 것이 이 프로그램의 핵심이다.

도착하면 농가의 많은 방 중 하나를 내준다. 깔끔히 청소된 방이 아니라 창고같이 허름한 방이다. 도착하면 농부의 옷으로 갈아입고 일을 시작한다. 땔감을 장만할 시간이면 같이 차를 타고 가 나무를 옮기고 쪼갠다. 아침에 젖을 짜는 시간에도 함께 짜고, 요리를 하면 옆에서 양파를 다듬으며 도와주고, 다음 날 장에 내다 팔 물건을 같이 포장하고, 차를 타고 시내에 물건을 사러 갈 때도 같이 간다. 그들과 함께하면 내가 지금까지 어떤 일을 했던 사람이었는지 싹 잊어버린다. 완벽히 시간과 공간을 평행 이동해 노르망디의 농부가 된다.

하루종일 함께 일하고 먹고 지내다 보면 해질녘 즈음엔 농부처럼 지치고 만다. 일하는 도중 천연 효모 빵을 함께 반죽하고, 성형하고, 숙성시키고, 나무를 때서 화덕에서 빵을 굽는다. 이렇게 구운 빵은 동네 사람들에게 팔기도 하고 일요일 요일 장에서 판다. 물론 같이 먹기도 한다.

갓 구워진 커다란 빵을 놓고 모든 식구가 한 식탁에 모여 앉아 저녁 식사를 한다. 처음 본 사람들이 식탁에 함께 앉아 있지만 전혀 거부감이 없다. 멋진 테이블 역시 많은 사람이 앉을 수 있도록 긴 형태다. 아이들은 빨리 먹고 숙제를 하러 간다. 중간에 동네 사람들이 오면 같이 식탁에 앉아서 식사를 한다. 긴 테이블에 새로운 음식이 놓이고 치워지고 하면서 밖은 어두워진다. 남은 반죽으로 마저 빵을 구워낸다.

하루의 노동으로 몸이 지쳐갈 즈음, 테이블에서 할 수 있는 행복한 일은 칼바도스를 한 잔 하는 거다. 법적으로는 개인이 술을 만들 수 없으나, 노르망디에서는 많은 농부들이 자신의 방법대로 칼바도스를 만들어 마신다. 숙성 정도에 따라

Calvados
La Normandie

등급이 있지만 농가에서는 빈병을 씻은 후 증류한 술을 넣고 광에 보관해두고 마신다. 포도주를 증류해 만든 브랜디 코냑보다는 향이 거칠지만 특유의 거친 향이 칼바도스의 매력이다.

　보통은 커피에 칼바도스를 부어 카페칼바처럼 마시지만 압생트처럼 스푼 위에 각설탕을 올려놓고 칼바도스를 부어서 마시기도 한다. 각설탕에 적셔진 칼바도스가 입안에 들어가면 40도의 알코올과 달달함이 자연스럽게 혀를 감싼다. 칼바도스에 적셔진 각설탕을 먹고 카페칼바를 마시면 피곤함이 사라지고 힘이 난다. 이 기운으로 늦은 밤까지 나무를 때고 빵을 굽는다. 밤 12시가 지나면 일이 끝난다. 농가의 일은 세상 어느 곳에서나 반복적이고 힘들고 지루하다. 하지만 도시의 모든 일에서 벗어나 적막한 프랑스 시골에서 다른 삶을 보내고 있다는 자체가 행복감을 준다.

무슨 기분일까? 우주선에서 벗어나 우주복을 입고 연결된 줄을 통해 우주 유영을 하는 느낌이다. 고독하지만 고독하지 않고 멀리 떨어졌지만 모든 것이 옆에 있는 듯한 느낌. 이런 느낌을 얻기 위해 도시에서 벗어나 노르망디 시골로 간다. 이런 느낌을 배가 시켜주는 것이 칼바도스 한잔이 아닐까.

지그재그 감자 으깨기를 보며
물리학자가 하는 생각

물건은 진화한다. 현실에 맞춰 편리함이라는 동력을 이용해 진화한다. 하찮은 감자 으깨기 역시 진화해왔다. 가벼워야 하고 몇 번 눌렀을 때 감자가 완벽하게 으깨져야 한다. 그다음 설거지가 쉬워야 한다.

만들어 파는 사람 입장에서는 기능을 향상시키면서 원가를 낮추기 위해 공정을 줄여야 한다. 그릴 타입의 감자 으깨기는 구멍을 뚫은 판과 고정시키는 철사가 필요하다. 판과 철사가 튼튼하게 결합돼야 망가지지 않는다. 하지만 이 지그재그 으깨기는 스테인리스강 봉 하나로 끝이니 얼마나 효율적인가!

이 지그재그 으깨기는 무엇보다도 철사의 곡선이 멋지다. 중간의 굴곡진 부분이 없었다면 재미없는 물건이었을 텐데 굴곡을 만들어 완벽한 물건이 되었다.

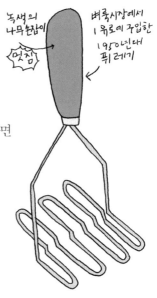

녹색의
나무손잡이

멋짐

벼룩시장에서
1유로에 구입한
1950년대
프레기

그런데 왜 지그재그로 휘어진 철사 중간에 굴곡을 주었을까? 물리학자 입장에서 본다면 이런 생각이 든다. 감자를 으깨기 위해 많은 면적이 필요하지 않았을까? 단순한 지그재그 모양보다도 긴 길이를 가지니 면적이 늘어나고 압력이 커질 수밖에.

그다음 굴곡은 무슨 의미일까? 감자를 으깨는 방향이 한 방향이면 한쪽으로만 힘을 받지만 굴곡이 방향을 틀면서 중간에 힘의 방향이 바뀐다. 물리적으로 감자가 더 잘 섞이면서 으깨질 수 있다. 이것이 이 지그재그 감자 으깨기의 핵심이다.

판으로 된 그릴 감자 으깨기는 으깨면 으깰수록 구멍으로 감자가 올라와 나중에는 수저로 긁어내야 한다. 으깨진 감자가 그릴 위쪽 판에 붙으면 덩어리가 되어 점점 으

Purée de Pommes de terre
감자 뛰레 (Patates)
← 감자

감자 4개 (1인분)

통마늘 3개
깍뚝썰기
작은양파 1개
소금 후추

20분정도 감자를 익힌다
감자가 익으면 양파와 마늘을 꺼낸다
물도 빼고

깨기가 힘들어진다. 하지만 지그재그 감자 으깨기는 감자를 으깨다 스테인리스에 감자 입자가 붙으면 그릇 모서리에 대고 탕탕 털기만 하면 된다.

　지금도 프랑스에서 주방용품을 파는 가게에 가면 지그재그 으깨기를 판다. 감자 퓌레를 만들 때 이 도구만한 게 없다. 힘은 좀 들지만 믹서기의 전동 모터 소리보다 요리하는 즐거움이 크다. 솔직히 이야기하면 나는 요즘 감자 퓌레의 식감이 별로다. 요즘은 쌈박하게 튀긴 프렌치프라이가 더 땡긴다.

　그건 그렇고, 프랑스 사람들이 김을 먹기 시작했다. 언제부터 김을 먹기 시작한 걸까? 그것은 일본식 김말이 마키의 영향이 크다. 일부이긴 하지만 이제는 프랑스 슈퍼에서도 스시나 작은 김밥을 도시락으로 판다. 그래도 아직까지 김밥을 먹기 거북해 하는 프랑스 사람들이 많다. 그 이유를 물어보면 '식감이 좋지 않아서'가 절대적이다. 축축한 검은 종이에 쌓여 있어 공포스럽다는 말도 들었다. 최근 들어 김이라든지 미역에 관심을 가지는 프랑스 사람들이 있지만 아직까지 프랑스인들은 해초류는 먹지 않는 음식으로 생각하고 있다. 미끈미끈한 미역국이나 매생이국이 프랑스 음식 문화로 자리 잡는 데는 얼마큼의 시간이 더 걸릴까?

나딘의 수영장을 추억하기

6월의 브르타뉴 날씨는 환상적이다. 변덕스럽지만 맑은 하늘에 비를 잠시 뿌릴 뿐, 공기와 하늘 모든 것이 사랑스러운 날이 지속된다. 점심이면 차를 타고 바닷가에서 나간다. 바닷가 파라솔 아래에서 샐러드와 화이트와인 한 잔을 먹고 디저트로 에스프레소를 마신다. 점심 메뉴는 가격이 그렇게 비싸지 않다. 바다와 바닷가를 조깅하는 사람들, 강아지와 산책하는 사람들, 자전거를 타는 사람들이 한가로운 풍경을 만든다. 파리에서는 느낄 수 없는 또 다른 풍경이다.

"세상의 모든 것을 가질 수 없다."

마치 다 가질 수 있는데 갖지 못하는 것처럼 말하는 이 말은 탐욕스럽게 들릴지 모른다. 하지만 우리는 현재라는 물리적 시간, 이 하나만을 가질 수밖에 없다. 이 말이 더 인간적이고 현실적일지 모른다. 파리의 삶과 서울의 삶을 비교하는 것 자체가 의미 없다. 만약 둘 중에 하나를 선택하라면 내가 지금 브르타뉴의 바닷가에 있다면 여기 바닷가의 풍경을 선택할 거고, 서울 서촌의 소머리 국밥집에서 막걸리를 한잔하고 있다면 서촌의 그곳을 선택할 거다.

제랄과 함께 오픈카 뚜껑을 열고 집을 향해 달린다. 오픈카의 매력은 내리쪼이는 작렬한 태양을 그대로 맞는 거다. 원초적인 것을 즐기기. 카르페 디엠. 직사광선에 몸을 맡기고 가는 동안 시원한 생맥주 한잔과 나딘의 집에 있는 수영장을 생각한다.

수영으로 몸을 식힌 후 더위가 한풀 꺾이면 해는 아직 중천에 있지만 여름밤이 시작된다. 그즈음 일을 마친 동네 친구들이 수영장으로 찾아온다. 소소한 안주거리와 와인 한 잔을 들면 자연스럽게 모임이 시작된다. 서서히 마시는 술은 취하지 않는다. 특히 서서히 마시는 와인은 기분을 유지해줄 뿐 어떤 자극도 주지 않는다.

나딘의 집 근처에 있는 친구 중 베트남 출신의 '킴Kim'

이라는 사람이 있었다. 처음에는 한국 사람처럼 보였지만 프랑스 국적의 베트남 2세라고 이야기를 듣고 나니 베트남 사람처럼 보였다. 어린 손이 말해주듯 직업은 기타리스트였다. 부인은 프랑스 사람이었다. 다음 날 바캉스를 떠나기 전 킴은 인사를 하러 잠시 들렀는데 그때 함께 어울리게 되었다. 셔츠를 벗은 킴의 왼쪽 가슴에는 진통제가 작은 배지처럼 심어져 있었다. 암이라고 했다. 계속 잔기침을 했다. 오자마자 담배를 피우는데 대마초를 섞어서 피웠다. 의사의 처방으로 고통을 줄이기 위해 피운다고 했다.

우연찮게 합쳐진 친구들과 자연스럽게 홍합 요리와 샐러드, 감자튀김 요리를 하고 식사를 함께했다. 밤 11시까지 환한 여름 밤. 수영장 근처에는 음악이 흘렀다. 킴이 닐 영의 'Harvest'를 골랐다. 나이가 어떻게 되는지 모르지만 이 친구에게 깊은 우정이 싹텄다. 지금까지 어떻게 살았고, 현재 어디서 살고 있고, 앞으로 서로가 어떻게 살아갈지 모르지만 같은 감성을 가지고 있다는 것에 애정이 갔다. 디저트까지 맛있게 먹고 떠들며 서서히 레드와인을 즐기는 사이 킴이 갑자기 집에 다녀온다고 나갔다.

얼마 후 돌아온 킴은 흑백사진 여러 장을 가지고 왔다. 자기 아버지의 얼굴이 내 얼굴과 닮았다고 보여줬다. 어둠 속에서 본 흑백사진 속 동양인의 얼굴은 생소했다. 나를 꼭 닮은 것은 아니지만 동양 사람의 얼굴이었다. 킴은 내 모습에서 자신의 어릴 적 기억 속의 아버지 모습을 본 것일까?

킴은 자신의 아버지 이야기를 많이 했지만 지금 기억에 남는 건 자신의 아버지가 멋진 사람이었다는 이야기뿐이다. 그날은 밤 12시 넘어서까지 레드와인을 마시면서 여름밤을 즐겼다. 해가 지고 밤이 깊어지면 긴팔을 입어야 할 정도로 기온이 내려갔다. 내일 바캉스를 떠나는 킴의 건강이 염려되었다.

그날 어떻게 헤어졌는지는 기억나지 않는다. 평소보다 더 오래, 더 늦게까지, 더 마시고 돌아온 것 같다. 그렇게 킴과 헤어지고 그의 존재는 자연스럽게 잊혔다.

일 년이 지났을까, 파리에서 제랄을 만나 그의 안부를 물었다. 그가 죽었다는 이야기를 들었다. 아픈 몸으로 여행을 떠나기 전날의 모습이 어른거렸다. 그날 취한 모습으로 닐영의 'Harvest'를 흥얼거리던 킴의 모습이. 같은 시대에 같은 노래를 들으며 감정을 교류할 수 있는 멋진 친구가

사라졌다. 가슴속으로부터 슬픔이 밀려 올라왔다. 죽음은 이렇듯 타인으로부터 느껴진다.

여름 브르타뉴 나딘의 수영장에 얽힌 또 한 가지 추억은 비가 오는 오후에 즐겼던 수영이다. 로제 와인 마시며 빗속에서 수영을 하면서 행복하다는 생각을 했다. 그때 같이 수영을 했던 제랄과 나딘이 무슨 생각을 했는지는 모르지만 우리는 같은 생각을 하고 있지 않았을까?

그 당시 비를 맞으며 수영할 때는 이런 날이 그저 평범한 여름의 하루 정도로 여겼던 것 같다. 하지만 지금, 그때를 생각하면 아련해진다. 그래도 나는 확실히 소유할 수 있는 한여름 수영장의 추억들이 있으니 그나마 괜찮은 놈이다. 그리고 이 글을 쓰면서 닐영의 'Harvest'를 흥얼거릴 수 있으니.

아침엔
커피 한 사발이지

　　매일 밤 몇 시에 잤는지 모른다. 늦게까지 놀다 보면 시간도 잊고 밤이 지나간다. 주중엔 아침 7시에 일어난다. 알람 시계를 대신해 거실 라디오에서 자동으로 뉴스가 켜진다. 일어나면 나는 샤워를 하고 제랄은 바게트와 크루아상을 사러 나간다. 제랄은 빵을 사러 가기 전 커피를 내려놓는다. 제랄이 빵을 사가지고 오면 나는 샤워가 끝나간다. 느슨한 브르타뉴에서 신기하게도 제랄이 빵을 사 가지고 오는 시간, 커피가 내려지는 시간, 내가 샤워하는 시간이 정확하게 맞아 떨어진다.

　　식탁 위 아침 식사는 빵과 커피, 버터, 잼, 우유, 오렌지 주스, 설탕, 과일이다. 오렌지와 사과가 정물처럼 놓여 있다. 가끔 오렌지를 하나 까먹고 사과 하나를 껍질째 먹는

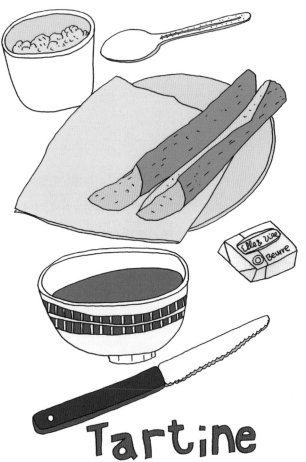

Tartine

다. 버터와 잼은 냉장고에서 식탁으로 꺼내놓는다. 우유와 오렌지주스 역시 냉장고에서 꺼내놓는다. 설탕은 도자기로 된 종지에 담겨 식탁 위에 항상 놓여 있다. 아침 식사는 절대 무겁게 하지 않는다. 먹는 둥 마는 둥. 어떨 땐 빵 한 조각을 커피에 적셔 먹는 것으로 때운다. 절대 짭짤한 음식을 아침 식탁 위에 올리지 않는다.

바게트는 우리네 밥과 같은 것으로 아침 식사의 기본이다. 바게트를 가로로 길게 잘라 버터를 바르고 그 위에 잼을 올려 한 조각 먹는다. 이것은 버터를 바른 빵 조각으로 타르틴Tartine이라고 한다. 크루아상은 버터를 발라 먹지 않는다. 크루아상 자체가 버터로 만들어졌기 때문에 버터를 바르면 향이 너무 과해진다. 크루아상은 절대로 찢어서 먹는다. 퍽퍽하다 싶으면 사발에 담긴 커피에 찍어 먹는다.

커피에 우유를 부어 마시면 카페오레Cafe au Lait가 된다. 카페오레는 우유를 넣은 커피라는 의미로 밀크커피를 말한다. 여기에 설탕을 넣어 먹으면 우유 맛이 더 진해진다.

정해진 룰이 없는 아침 식사. 비유하자면 하루를 시작하기 위해 천천히 '기계에 기름을 친다' 뭐 이런 게 아닐까? 한 가지 규칙이 있다면 바게트는 친한 사이가 아니면 식탁에서 손으로 뜯어서 함께 먹지 않는다. 하지만 친한 친구 사이라면 괜찮다. 친한 사이라면 빵을 마음대로 뜯어서 먹는 것이 무슨 상관이겠는가. 하지만 레스토랑이나 초대를 받은 격식 있는 자리에서는 칼로 자른 빵이 바구니에 담겨 나온다. 그러면 바구니에서 한 개를 집어와 손으로 뜯어 먹으면 된다.

프랑스 사람들은 아침에는 커피를 사발로 먹는다. 왜 사발에 먹을까? 아침에만 커피를 사발로 마시고 오후엔 컵으로 마신다. 왜 아침에 먹는 커피와 오후에 마시는 커피가 다를까? 제랄에게 물어봤다. 제랄의 대답은 간단했다.

"너는 국을 어디에 담냐?"

"사발!"

"컵으로 한 잔 마셔서 해장이 되냐?"

"안 되지!"

"컵에 빵을 찍어 먹으려면? 아가리가 넓어야지."

"말 되네!"

작은 에스프레소 컵 한 잔으로는 하루를 시작하기 힘들다. 매일 아침 커피를 두 사발 이상 마신 것 같다. 두 사발은 마셔야 전날 마신 포도주가 머릿속에서 사라지고 갈증도 사라진다. 전날 마신 포도주 한 병마다 한 사발의 커피가 필요한 게 아닐까 하는 생각이 어렴풋이 들기도 한다.

내 컬렉션 중에 커피 사발이 하나 있다. 1930년대의 물건이다. 장식품도 아니고 생필품이 90년 전의 상태로 아직까지 멀쩡히 살아남아 있다니! 이렇게 오래된 도자기가 멀쩡하게 남아 있을 수 있는 경우는 세 가지다. 절대 깨지지 않는 물건이거나, 보물처럼 소중해서 평소에 잘 쓰지 않는 물건이거나, 사람 손이 닿지 않는 곳에 방치된 채 세월을 보낸 물건인 경우다. 도자기는 깨지는 물건이라는 게 핵심이다! 깨질 수 있는 물건이 90년을 살아남았다는 것만으로도 대단하다.

삐뚤빼뚤한 문양이 이 사발을 멋지게 한다. 리모주 Limoges산의 튼튼한 도자기가 아니라 연질 도자기로 세월의 때가 굽에도 묻어 있고 주둥아리에도 묻어 있다. 그래서 이 사발이 식탁에서 튀지 않고 더 안정감 있어 보인다. 굽받침에 있는 16개의 각진 주름은 반복된 사각 문양과 조화를 이룬다. 보통 굽은 둥근 형태로 만드는데 왜 주름을 만들었을까? 이런 멋을 아는 사람이 있어 세상은 다양하고 재미있다. 아침마다 이 사발로 커피를 마시면서 두 손으로 어루만져보고 손끝으로 굽을 만져보면서 오늘 하루를 어떻게 살까 생각한다.

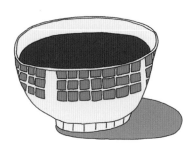

겨울이면 먹고 싶은 퐁뒤

퐁뒤는 알프스 음식이다. 정확히 이야기하면 알프스 지역을 함께 공유하는 스위스 요리다. 알프스에 가면 꼭 퐁뒤fondue를 먹게 된다. 겨울에는 추위를 이기고자 먹고 여름에는 해가 지고 급격히 차가워진 공기의 냉랭함을 잊기 위해 찾게 된다. 퐁뒤는 여름에도 페치카pechka*를 때야 하는 알프스 산자락 밤과 잘 어울리는 음식이다. 퐁뒤라는 음식 형태는 둥그런 식탁에 둘러앉아 추운 겨울을 함께하기 위해 생겨났다. 퐁뒤라는 이름은 프랑스어로 '녹이다'라는 뜻의 퐁드르fondre에서 유래했다. 식탁 가운데 작은 항아리 그릇처럼 생긴 냄비 카클롱caquelon을 고체연료가 태

---

* 러시아풍의 벽난로입니다.

우는 불에 올려놓고 치즈를 녹이면서 딱딱하게 굳은 빵이나 소시지를 찍어 먹는 요리다. 치즈 말고 기름을 넣고 기다란 포크에 소고기를 끼워 익혀 먹는 퐁뒤 부르고뉴fondue bourguignonne도 있다. 부르고뉴에 질 좋은 소고기가 있어 만들어진 요리다. 물론 우리가 잘 알고 있는 초콜릿을 녹여 먹는 초콜릿 퐁뒤도 있다.

퐁뒤의 시작에 대해서는 다양한 이야기가 있다. 눈이 많은 알프스에서 야영을 하던 사냥꾼들이 처음 해 먹었다는 설도 있고 목동들이 처음 먹었다는 설도 있다. 목동이건 사냥꾼이건 중요하지 않다. 중요한 것은 눈, 겨울, 온기를 나눌 사람들과 따뜻한 식탁이다. 퐁뒤는 눈 덮인 적막강산 속 식탁 위에서 나눠 먹을 수 있는 최고의 요리다.

퐁뒤 치즈로는 에멘탈emmental 치즈나 그뤼예르Gruyere 치즈를 사용한다. 그뤼예르 치즈는 금갈색의 스위스 치즈로 프리부르주의 지역 그뤼예르에서 이름이 왔다. 당연히 이 지역 특산물이다. 그뤼예르 치즈는 에멘탈과 함께 퐁뒤의 한 축을 담당한다. 에멘탈 치즈보다는 조직이 치밀하고 더 딱딱하다. 에멘탈 치즈보다 크림 맛이 강하고 견과류 맛이 난다.

에멘탈 치즈는 여름 고산지대의 풍부한 목초를 뜯으며 자란 소의 우유로 만든다. 에멘탈 치즈의 이름은 스위스 루체른주의 동쪽 '에멘Emmen'이라는 지역 이름과 독일어로 계곡을 뜻하는 단어 '탈Tal'을 합친 것으로 '에멘 계곡'을 의미한다. 내부에 구멍이 있는데 저온 살균하지 않고 생우유에 박테리아를 첨가해 만든 과정에서 생긴 것이다. 식감이 부드럽고 과일 향, 허브 향, 너트 향이 난다.

냄비에 에멘탈 치즈나 그뤼예르 치즈를 넣고 충분히 녹여서 알프스 사부아Savoie 화이트와인과 함께 먹는다. 사부아 와인은 겨울의 화이트와인으로 알프스 절벽에서 자란 포도로 만들어졌다. 기원전 1세기부터 시작된 역사를 갖고 있다. 추위에 잘 견디는 사부아 지방의 포도는 산 밑에 있어 사람들이 직접 수확해야 한다. 사람들이 일일이 전지가위로 포도송이를 따서 압착했기 때문에 기계로 수확한 포도로 만든 와인보다 훨씬 맛이 훌륭하다.

퐁뒤는 복잡한 요리 방법이 필요 없다. 통마늘을 냄비 안쪽에 쓱쓱 문질러 마늘 향이 치즈에 배도록 한다. 치즈에 가는 옥수수 가루나 감자 가루를 넣으면 식감이 좋아진다. 냄비에 치즈를 한꺼번에 넣지 말고 깍둑썰기 한 치즈를 넣고 나무 주걱으로 슬슬 녹여준다. 치즈가 어느 정도 녹으면 냄비를 식탁으로 옮겨 고체연료로 따뜻하게 데운다. 가늘고 긴 포크에 한입 크기로 자른 빵이나 소시지를 꽂아 걸쭉하게 녹은 치즈에 담궈 휘휘 저으면 치즈가 알맞게 입혀진다. 그때 늘어진 치즈와 함께 먹으면 된다. 저장 음식인 햄과 먹어도 좋다. 당연히 올리브, 피클도 함께 먹으면 잘 어울린다.

일반적으로 프랑스 문화에서는 각자 접시에 요리를 덜어서 먹는다. 그러나 퐁뒤는 냄비 하나로 여러 명이 함께 먹는 유일한 프랑스 요리다. 들은 이야기인데 퐁뒤를 먹다가 여자가 냄비에 빵을 떨어뜨리면 오른쪽에 앉은 남자에게 키스를 해주고 남자가 빵을 떨어뜨리면 와인을 한 잔더 사는 풍습이 있다고 한다. 함께하는 즐거움의 표시가 아닐까?

겨울에 알프스를 가면 산 밑에서 산을 바라보면서 지낸다. 눈 덮인 산을 바라보고 있는 것만으로 행복해지는 곳이다. 하지만 나는 주로 여름에 알프스를 간다. 작년 여름에도 일행 세 명과 알프스 중턱에 있는 프라리옹에 다녀왔

다. 이틀 동안 프라리옹 산장에서만 지냈다. 낮엔 트레킹을 하고 밤이 되면 페치카 옆 식탁에서 사부아 와인에 퐁뒤를 먹었다. 프라리옹 산장에서 시시각각으로 변하는 알프스를 바라보는 것만으로 산 아래 모든 것들이 잊혔다.

내려오는 날은 아침 햇살이 비치고 하늘이 맑았다. 그런데 멀쩡하던 하늘에서 갑자기 비가 내리기 시작했다. 여름이지만 날씨를 예측할 수 없는 곳이 알프스다. 이럴 땐 산장에서 쉬면서 비구름이 지나가기를 기다리는 것이 상책이다. 안 그러면 위험할 수 있다. 그러나 그날은 비가 계속 내렸다. 그래도 내려가자고 결정한 우리 일행은 케이블카를 타기 위해 이동했는데 설상가상으로 케이블카가 고장이었다.

할 수 없이 걸어서 내려갔다. 그날 우리 모두는 가벼운 신발을 신고 있었다. 미끄럽기 짝이 없었다. 그러다가 비를 피해 나무 밑으로 들어갔다. 벌써 허기가 졌다. 추위에 떨면서 싸가지고 온 샌드위치를 함께 나누어 먹었다. 혼자였다면 공포 그 자체였겠지만 우리 세 명은 서로 힘든 기색을 내지 않고 내려갔다. 금방 보일 것 같은 마을이 보이지 않았다.

하늘이 어두워지기 바로 직전 마을 입구에 도착했다. 모두 비에 젖어 떨고 있을 때 드디어 눈앞에 호텔이 보였다. 호텔 이름은 터닝포인트였다. 그 호텔 지하엔 사우나와 따뜻한 풀이 있었다. 그때 세상에서 가장 행복한 목욕을 한 것 같다. 따뜻한 물의 고마움을 온몸으로 느낀 건 처음이었다.

그리고 식당에서 퐁뒤와 화이트와인을 먹었다. 고갈된 체력과 허기진 상태로 긴 포크에 빵을 끼우고 냄비로 가져가는데 손이 떨렸다. 늘어진 치즈에 감싸진 빵 한 조각과 화이트와인을 먹으니 떨리던 손이 정상으로 돌아왔다. 취기가 물그스레하게 올라왔다. 아직도 잊히지 않는 그때 먹은 빵과 와인, 말랑말랑한 치즈는 세상에서 제일 맛있게 먹은 음식으로 기억 속에 남아 있다.

맛있는 올리브?
맛없는 올리브?

올리브는 카페에서 먹으면 "와 이렇게 맛있나!" 하면서 먹지만 슈퍼나 장에서 사와 집에서 먹으면 그렇지 않다. 이렇게 맛없는 올리브가 있나 싶을 정도다. 매번 다시 사보지만 그때마다 다 못 먹고 냉장고로 들어가거나 샐러드나 파스타에 넣곤 한다. 하지만 가끔 친구 집에 초대받아 가서 먹는 올리브는 또 맛있다. 이게 무슨 상황인가!?

파리의 같은 아파트에 포르투갈 발드바고 출신의 발레리라는 친구가 살고 있다. 발드바고는 포르투갈 남쪽에 위치한 작은 마을로 인구가 천 명 정도밖에 안 된다. 지난해 겨울 크리스마스 휴가를 그 집에서 보냈다. 동네 입구 주변은 올리브나무로 둘러싸여 있다. 여름철 강력한 포르투갈 남부의 햇살에 건강한 올리브가 자란다. 집마다 창고

항아리에는 짭조름한 올리브가 가득하다. 당연히 식탁에는 사시사철 항상 올리브가 올라온다. 일단 식탁에 앉으면 올리브에 손이 먼저 간다. 포르투갈 올리브는 고소하고 담백하다. 입에 드라이한 맛이 남지 않고 씹는 맛도 좋다. 중요한 것은 뒤끝의 여운이 없다. 신기하게도 올리브라는 열매의 향기만이 입에 남는다. 이런 올리브를 만나기는 쉽지 않다.

몇 년 전 포르투갈에서는 올리브 생산량을 줄이기 위해 올리브나무 한 그루를 자르면 보조금으로 100유로를 줬다는 이야기를 발레리에게서 들은 적이 있다. 동네 사람들이 나이 든 올리브나무를 베고 보조금을 받는다고 발레리가 화를 냈던 기억이 난다. 그때 이 가난한 포르투갈 동네에서 수많은 올리브나무가 사라졌다고 한다.

발드바고에서 지냈던 날들은 아침에 일어나면 동네 카페에 가서 빵과 카페라떼, 계란프라이를 주문해 먹었다. 이른 아침이지만 카페는 동네 사람들로 항상 북적댔다. 아침부터 독주를 한 잔 놓고 무슨 이야기를 그렇게 끊임없이 하는 걸까? 도대체 무슨 이야기를 하는지 궁금해 물어보면 별 이야기도 아니다. 간밤에 있었던 자기 집 강아지 이야

기, 트랙터를 사고 싶은데 뭐가 좋은지 등 결론이 없는 이야기였다.

이 카페의 계란프라이는 특별하다. 올리브오일을 듬뿍 담은 프라이팬에 튀겨내는 듯한 느낌으로 굽는다. 정말 맛있어서 한 번에 세 개를 주문하는데 한 번 더 시켜 먹고 싶을 정도로 맛있다. 고온에서 올리브의 드라이한 맛과 계란 노른자와 합쳐지면서 노른자의 비린 맛이 담백한 맛으로 변한다. 흰자 끝 부분이 튀김처럼 구워지면 그 맛이 또 특별하다. 흰자는 통통하게 구워지면서 신기할 정도로 쫄깃하게 변한다. 올리브오일이 훌륭하고 동네 유기농 계란이 건강해서 그런지 지금까지 먹어본 계란프라이 중 제일 일품이다.

신선한 샐러드에 올리브오일을 뿌리면 샐러드가 적당히 짭짤해지고 쫀득해지면서 올리브 향으로 감미로워진다. 올리브오일엔 혀에만 반응하는 염분이 존재하는 것일까? 소금을 넣지 않아도 될 정도다. 샐러드를 다 먹고 올리브, 발사믹, 소금, 통후추로 만든 드레싱에 빵을 찍어 먹으면 소스의 맛과 빵의 맛이 어우러져 또 다른 방법으로 위를 자극한다. 빵으로 설거지하듯이 소스를 깨끗이 닦아 먹게 된다.

올리브나무가 지천인 북아프리카 모로코, 튀니지의 올리브 역시 특별하다. 하몽에 올리브오일을 뿌려서 먹는 스페인 역시 올리브가 맛있다. 루콜라 잎이 잔뜩 뿌려진 도우 위에 올리브오일을 뿌려서 먹는 피자를 생각하면 단연 이탈리아다. 올리브오일의 참맛은 지중해의 공기, 태양, 바람, 땅이 만든다. 빵이면 빵, 파스타면 파스타, 잠봉이면 잠봉, 사르딘이면 사르딘, 삶은 감자면 감자, 피자면 피자, 샐러드면 샐러드, 어떤 음식과도 잘 어울리는 올리브오일은 만능 조미료와 같다.

나무에서 갓 수확한 올리브는 떫고 써서 먹을 수 없다. 쓴맛을 제거해야 한다. 올리브를 잘 씻은 후 물이 담긴 통에 담가둬야 한다. 일주일 정도 매일매일 물을 갈아주면 쓴맛이 거의 없어진다. 그다음 소금물을 준비한다. 굵은 소금을 넣고 끓인 소금물을 식힌 후에 올리브가 잠길 정도로 부어준다. 소금의 농도가 올리브의 맛을 좌우한다. 그다음 뚜껑을 덮어준 후 그늘지고 서늘한 곳에서 3개월간 숙성을 시킨다. 이때 향신료나 매콤한 것을 넣어 맛을 내기도 한다.

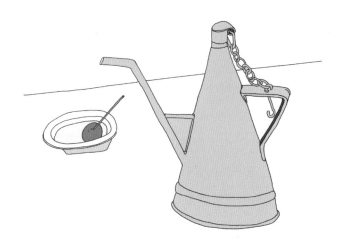

　올리브오일은 산도가 중요하다. 그 이유는 올리브오일의 품질을 평가하는 객관적 기준이 되기 때문이다. 좋은 올리브오일은 병 뒷면에 산도가 표시되어 있다. 올리브오일의 맛과 향은 산도가 낮을수록 풍부하다. 산도를 낮추기 위해서는 상당한 노력을 기울여야 하고 품질관리가 필요하다. 올리브 열매는 수확하는 순간부터 산화되기 때문이다. 열매에 미세한 상처가 있으면 오일 추출 시 산도가 높아진다. 따라서 낮은 산도를 유지하기 위해서는 올리브 열매의 수확부터 압착까지의 소요 시간이 짧아야 한다. 상처 없이 깨끗한 열매를 하나하나 선별해내는 작업 또한 중요하다.

압착 오일과 정제 오일의 차이도 있다. 압착 오일은 올리브의 씨앗을 선별, 세척, 건조한 후 압착하여 기름을 짜낸 것을 말한다. 정제 오일은 올리브를 가열해 기름을 추출하고 산도를 조절한 오일을 말한다. 국제 올리브오일 협회에서 정한 올리브오일 등급 표시는 엑스트라 버진 올리브오일과 그다음 등급인 버진 올리브오일이 있다. 엑스트라 버진 올리브오일은 산도 1퍼센트 미만, 최초 압착 오일로 그린 골드색을 띠고 맛과 향이 뛰어나다. 버진 올리브오일은 산도 2퍼센트 미만을 말한다. 그리고 포마스 올리브오일 등급이 있는데 정제 버진 올리브오일과 압착 버진 올리브오일의 혼합유다.

좋은 올리브오일은 과일 향이 나고, 매운맛이 나며 접시에 흘렸을 때 오일 방울의 점도가 높다. 올리브오일을 음미하는 첫 번째 단계는 먼저 향을 맡는 거다. 그다음은 색을 본다. 올리브 종자에 따라 녹색에서 황금색까지 다양한데 올리브오일의 투명도가 느껴지는 게 좋은 거다.

올리브는 수확 시기가 빠를수록 과일 향과 맛이 강해진다. 보통 크리스마스 전에 올리브 수확을 마치고 기름을 짠다. 크리스마스가 지나면 창고엔 갓 짠 맑은 올리브오일이 넘쳐난다. 스페인은 세계 최대의 올리브오일 생산국이다. 전 세계에서 소비하는 올리브오일의 절반 이상을 생산하고 있다. 스페인의 올리브오일 생산지로는 남부의 안달루시아 지방과 북부의 카탈루냐 지방이 있다. 이 지역에서는 보다 섬세한 오일을 짜내는 기술이 발달되어 있고 아르베키나Arbequina 올리브를 널리 재배한다.

파리에서는 올리브 절임을 맛있게 먹어본 기억이 없다. 그러나 프랑스 남부를 기점으로 프로방스 지역이나 스페인으로 내려가면서 포르투갈까지 들어가면 올리브의 깊은 맛을 느낄 수 있다. 살아 있는 음식의 맛은 공기가 만들고 있는지 모른다.

나의 올리브 통 컬렉션은 스테인리스로 만든 것이 대부분이지만 동으로 만든 통이 하나 있다. 주전자 형태의 올리브 통은 많지만 이것은 보기 드문 형태다. 특이하게 입구가 하나로 꽤 크다. 손잡이가 만드는 곡선이 멋지고 오래된 느낌이 좋다. 올리브오일을 풍족하게 뿌려 먹을 수 있도록 만든 올리브 통은 지중해 연안에서 사용하는 물건이다.

서울에서는 올리브가 아니라 참기름 아닐까? 나물, 두루치기, 불고기, 잡채, 김치찌개, 콩나물 무침, 볶음밥 등에 고소한 참기름이 안 들어 가면 음식이 완성되지 않는다. 참기름도 올리브오일처럼 산도가 정해진다면 어떨까? 엑스트라 버진 참기름, 엑스트라 버진 들기름 등등.

서울에 있으면 지중해에 가서 파스타에 올리브오일을 듬뿍 뿌려 먹고 싶고, 파리에 있으면 삼겹살을 다 먹고 김치를 송송 썰어 넣고 김 가루와 참기름을 뿌린 볶음밥이 먹고 싶다.

20분이면
멋진 순간이 완성된다

금요일 퇴근 후, 음식을 준비하기에는 조금 늦은 시간. 준비된 것은 없다. 그리고 시간도 없다. 뭔가 후다닥 만들어 식탁을 차려야 한다. 어떤 요리를 할 수 있을까? 가능한 요리는 뭘까? 다행히 냉장고에 사다 놓은 닭 가슴살이 있다. 닭 가슴살 요리는 정확히 20분이 걸린다. 태국 재스민 쌀을 전기밥솥에 올려놓고 밥이 지어지는 시간에 닭 가슴살 요리가 마법처럼 완성된다.

요리는 간단해야 한다. 재스민 쌀을 전기밥솥에 넣고 물을 붓는다. 보통 밥을 할 때는 쌀을 박박 씻지만 비닐봉지에 담긴 재스민 쌀은 물로 한 번 헹구면 그만이다. 적절하게 물을 맞추고 밥솥의 스위치를 올린다.

이제 냉장고에서 꺼낸 닭 가슴살을 프라이팬에 올리고 소금, 후추를 뿌린 후 굽는다. 버터로 구워도 되고 식용유로 구워도 된다. 앞뒤로 3~4분 굽는 사이 양파와 마늘을 적당히 다지고 양송이버섯과 브로콜리를 준비한다. 그리고 구워진 닭 가슴살을 꺼낸다. 프라이팬에 육즙이 남아 있는 상태에서 야채를 볶는다. 그다음 양송이버섯과 브로콜리를 투하하여 살짝 더 볶는다. 화이트와인을 반 컵 붓고 알코올이 날아가면 크림 2~3 큰 술을 붓는다. 마른 홍고추를 송송 썰어 넣고 타임을 넣고 저어주면 훌륭한 소스

화이트와인
요리하기전 한잔!
닭가슴살
후추
소금
식용유

앞 뒤로 3~4분 굽는다

달군 프라이팬에 닭가슴살 투척

빠삭 빠삭 속은 부드러운 상태

크림 에파스
Crème épaisse
2-3스푼

브로콜리

양송이

화이트
와인

다진양파

다진
마늘

스틱

레몬타임

마른고추

고기가 남긴 중요한 육즙

＊ 화이트 와인의 알코올이
날아간 후 발효크림 Crème épaisse

요즘 파리지앵들은
소금대신 간장으로
간을 맞춘다

레몬즙

레몬타임 구운 닭가슴살을 먹기 좋게 썰어
소스와 함께
무친다

가 된다. 레몬 한 조각이 있다면 크림의 맛을 더할 수 있다.

소스에 간을 하는 방법은 소금이 일반적이지만 요즘 파리

지앵들의 트렌트는 간장이다. 그다음 고기 스톡 큐브를 하

나 넣는다. 서양 요리에서 이 스톡은 소금 대신 간을 맞추

기 위해 활용되기도 한다.

　프랑스 요리에서 이 스톡은 어떤 의미일까? 세상이 좋

아져 복합 조미료가 나온 이후, 고기 국물을 따로 내지 않

고도 감칠맛을 낼 수 있는 쉬운 방법이 생겨났다. 이것이 스톡이다. 서양 요리는 닭고기 육수를 베이스로 하고 있어 스톡을 이야기하지 않고서는 요리를 말할 수 없다. 닭고기와 소고기 국물이 있듯이 소고기 스톡과 닭고기 스톡이 따로 있다. 스톡을 우리 식으로 하면 다시다, 미원, 미풍, 감치미 등 마법의 조미료와 같다. 2시간 동안 고기 육수를 끓이지 않고도 치킨 스톡 큐브면 모든 요리를 할 수 있다.

치킨 스톡 큐브의 성분을 보면 감칠맛을 내는 아미노산 성분의 하나인 글루탐산나트륨이 들어 있다. 오늘날 글루탐산나트륨은 식품 첨가물로 전 세계에서 널리 사용하고 있다. 1995년 미국식품의약국과 세계보건기구가 이 식품 첨가물에 대해 인정하면서, 서구에서는 유해성 논란이 사라졌다.

프랑스에서는 슈퍼에 가면 매기 Maggi 사에서 만든 치킨 스톡 큐브를 쉽게 구할 수 있다. 일반 가정에서 2시간을 들여 홈메이드 치킨 스톡을 더 이상

만들 필요가 없게 된 것은 매기라는 회사 덕분이다. 이건 프랑스 전 가정의 음식 혁명이었다.

스톡은 고기 농축액뿐 아니라 효모 농축액과 MSG 등이 섞여 있기 때문에 본질적으로 한국에서 사용되는 다시다와 크게 다르지 않다. 단지 큐브냐 분말이냐의 차이일 뿐이다. 스톡은 색도 다양하다. 요리 색에 변화를 주지 않는 화이트 스톡, 약 200도씨의 오븐에 들어가면 갈색이 되는 구운 소뼈 또는 닭뼈로 만들어진 스톡, 갈색의 육수를 만들어내는 브라운스톡 등이 있다.

그건 그렇고 개인적인 취향일지는 몰라도, 서양 요리를 먹을 때는 한국 쌀이나 일본 쌀 계열인 자포니카 품종으로 지은 밥보다는 풀풀 날아다니는 쌀로 지은 밥이 훨씬 좋다. 시원한 김장 김치 한 포기를 꺼내 찢어 먹는데, 우리네 쌀이 아니면 그 맛을 음미할 수 없듯이 요리에는 어울리는 구성과 조화가 있다. 밥을 짓는 향이 있는데, 특히 이 재스민 쌀로 밥을 지으면 독특한 향이 폴폴 난다. 이 향이 좋다. 요리를 하는 사람에게도 요리를 기다리는 사람에게도 이 향은 마법과 같이 행복한 마음을 갖게 만든다. 중요한 것은 향과 맛이 이 닭 가슴살 요리에 딱이라는 거다.

태국쌀 재스민 라이스
1kg 2.50 유로

향기나는쌀 프래그런트 라이스
fragrant rice
태국에서는 이렇게 부른다
라이 홍 말리 Thai hom mali
또는 카오둑 말리 khao dawk mali

프랑스 가정식
닭가슴살 요리

요리하면서
마시다 보면
반 병

재스민 쌀밥

태국에서 수입된 재스민 쌀은 파리 차이나타운 슈퍼에서 1킬로그램에 2.5유로 정도에 판매한다. 재스민 라이스 또는 향긋한 쌀이라는 뜻의 프래그런트 라이스fragrant rice라는 이름으로 불린다. 원산지인 태국에서는 타이 홈 말리Thai hom mali 또는 카오 둑 말리khao dawk mali라고 부른다. 길쭉한 쌀은 부드럽기는 하지만 끈끈하지는 않은 게 특징이다. 쌀을 찌거나 밥을 지으면 낟알끼리 좀 달라붙기는 하지만 끈적끈적해지지는 않는다. 시간이 지나면 재스민 라이스는 바스마티 라이스basmati rice처럼 더 메마르고 쫄깃해진다. 쌀알을 닭 가슴살 소스에 적시면 식감이 쫄깃하면서 소스와 어우러져 고급스러운 맛이 난다.

재스민 꽃을 연상시키는 향기가 풍부한 이 쌀과 어울리는 20분 완성 닭 가슴살 요리. 금요일 밤, 누군가가 찾아온다면 식탁에 앉혀놓고 화이트와인을 대접하면서 대화를 나누기에 충분하다. 살짝 열어놓은 창으로 파리의 공기와 재스민 라이스의 향기와 소스의 향이 방을 채우고 화이트와인과 하나가 된다. 이런 순간은 항상 오지 않는다. 이 멋진 순간을 즐기기 위한 요리가 20분만에 완성되는 닭 가슴살 요리다.

민트티를 마시기 시작하면서
세상이 넓어졌다

차는 뜨거울 때 맛있는 차가 있고 차가울 때 맛있는 차가 있다. 민트티는 차가운 상태로 마셔도 청량감이 있어 좋고, 뜨거운 상태로 마셔도 정신을 깨우는 개운함이 온몸에 퍼져서 좋다.

민트티의 고향을 북아프리카라고 할 수 있을까? 북아프리카라고 말하는 이유는 민트티는 지중해의 길고 긴 역사 속에서 북아프리카의 문명과 함께했기 때문이다. 이집트, 수단, 리비아, 튀니지, 알제리, 모로코 6개국이 있는 북아프리카의 역사를 이해하지 못하면 유럽의 역사를 이해하기 힘들다. 특히 음식 문화나 음료 문화에 있어서 북아프리카 문명은 유럽과 이어져 있다.

이들은 다른 아프리카 민족과는 다른 피부색을 가지

고 있고 주민의 대부분은 베르베르인이다. 아랍 계열과 백인종의 혼혈로 다른 아프리카 대륙의 나라와는 구별되는 음식 문화와 음료 문화를 가지고 있다. 특히 북아프리카는 지중해에 접해 있어 고유한 지중해 식물과 향신료가 많고 열대 과일이 많다.

그중 향신료는 북아프리카 음식 문화의 핵심이다. 샤프란, 민트, 올리브, 오렌지, 레몬 등은 이 지역에서 자라는 식물이다. 이들은 기본적으로 향신료인 시나몬이나 큐민, 심황, 생강, 흑후추, 파프리카, 참깨, 코리안더, 파슬리 등을 음식에 사용해왔다. 이 향신료는 자연스럽게 유럽에 전달되었다.

민트티는 북아프리카인들이 즐겨 마시는 차다. 민트티를 끓이고 차를 따를 때는 특별한 기술이 필요하다. 이 기술은 그냥 제스처가 아니라 차의 맛을 좌우한다. 모로코 찻주전자는 긴 대롱이 있어서 높이서도 차를 따를 수가 있다. 모로코 사람들은 대개 거품이 조금이라도 있는 차를 좋아해서 높은 곳에서 차를 따른다. 중요한 한 가지, 북아프리카에서는 민트티를 큰 머그에 마시지 않는다. 100밀리리터 사이즈의 작은 유리컵으로 즐겨 마신다.

　민트티를 만들기 위해서는 기본적으로 민트 향을 받쳐주는 향이 강하지 않은 녹차가 필요하다. 그리고 민트와 설탕이 필요하다. 물은 미네랄이 적어야 하고 주전자는 주둥이가 길고 뚜껑이 있어야 한다.

　녹차는 고운 잎보다는 꽃봉오리처럼 말려 있는 녹차가 좋다. 민트의 종류는 되도록이면 강한 민트 향을 내는 페퍼민트가 좋다. 스피어민트는 유럽에서 나는 서양 박하로 동양 박하나 페퍼민트와는 전혀 다르다. 달콤하고 상쾌한 향이 강한 게 특징이다. 민트 시럽의 원료가 되고 고기 요리에 향신료로 사용된다. 요즘은 페퍼민트를 쉽게 구할 수 있다. 레몬민트와 같은 다른 종류의 민트도 쉽게 구할 수 있다. 민트는 흙이 있는 마당에 심어놓으면 매년 싹이 튼다. 어떤 경우 잡초처럼 자라기도 한다.

민트티는 생민트로 만드는 것이 최고다. 생민트를 구하면 물로 씻지 말고 비닐 봉투에 넣어 냉장실에 보관해 사용할 때마다 꺼내 쓰면 된다. 가장 이상적인 것은 민트 화분을 구입해 키우는 거다. 파리에서는 아랍 가게나 중국 식품점에 가면 민트 화분을 살 수 있다. 가격도 2유로 정도로 저렴해 구입해서 부엌 창가에 놓고 키우면 원할 때마다 민트티를 끓여 먹을 수 있다. 냉장고에 보관하는 것보다 편리하고 무엇보다도 신선하다. "아 민트네! 차를 끓여 마셔볼까?" 이런 유혹에 빠질 수 있어 좋다. 그런데 한 가지 주의할 점은 민트를 미리 씻어서 보관하면 고약한 고양이 오줌 냄새가 나니 조심해야 한다.

민트티를 정식으로 배운 것은 벼룩시장에 만난 알제리 출신의 보첸투프에게서다. 그는 1960년대 이후에 만들어진 재미난 디자인 제품과 가구를 팔았다. 교과서에나 나올 법한 의자를 골라오는 솜씨에 매번 감탄했다. 가구들에

대해 그의 설명을 듣다 보면 언제나 솔깃해져 사고 말았지
만 나쁘지 않았다.

그는 추운 겨울이면 언제나 보온병에 민트티를 담아
와 내가 가면 항상 민트티 한 잔을 따라줬다. 파리의 추운
겨울 하루 종일 길 위에서 장사를 해야 하는 그에게는 따

뜻한 민트티 한 잔은 추위를 이기는 에너지 소스임에 틀림
없다. 여름에는 시원한 민트티를 포트에 담아와 단골손님
들에게 대접했다. 벼룩시장에서 손님으로서 민트티를 대
접받는 경우는 거의 없다. 특히 파리지앵들에게서는 기대
할 수 없는 일이다.

그의 매장은 벼룩시장 끝에 있다. 벼룩시장을 다 구경
한 후 그곳에 들러 민트티를 한잔하는 즐거움이 일요일 아
침 행복 중 하나였다. 하루는 민트티를 끓이는 레
시피를 물어봤다. 그랬더니 자신은
모르고 어머님이 끓여주는 거
라고 대답을 했다. '아 그래
서 이런 맛이 나는 구나'
하고 생각했다. 맛이라
는 것은 미묘해서 어설
픈 것과 깊은 맛의 차이가
확연히 구분된다. 그 다음 주
어머니의 레시피를 알아
오라고 했다. 그가 일
러준 레시피대로 지

금도 집에서 민트티를 만들어 먹고 있다.

　일요일 오후 민트티를 끓여 마시는 시간은 항상 평온하다. 뭐랄까 일요일 오후가 주는 압박감을 잊을 수 있는 환각적인 향이랄까? 느끼는 사람에 따라 다르겠지만 민트티에 있는 달달한 설탕과 녹차의 적당한 카페인은 불안한 마음과 기대감, 홀가분함과 책임감이 뒤섞이는 일요일 오후에 딱 맞는 음료다.

　민트티는 아르메니아 사람들도 즐겨 마신다. 아르메니아에서는 설탕 대신 꿀을 사용한다. 꿀이 주는 독특한 꽃향기가 민트와 섞이면 더 깊은 향이 난다. 아르메니아에서는 녹차 대신 러시아에서 마시는 블랙티를 베이스로 사용한다. 블랙티는 색과 향이 진해 민트와 섞이면 강한 향이 나지만 이상하게 어울린다. 추운 겨울 마시기에 이것 이상은 없다.

　아르메니아 민트티의 특징은 겨울엔 마른 민트 잎을 사용한다는 점이다. 여름에 푸른 민트 잎을 햇빛에 말려 겨울에 쓴다. 마른 민트 잎에서 얼마나 향이 나올까 생각하지만 뜨거운 물을 붓는 순간 향이 더 진하게 살아난다. 마른

잎이 생잎보다 더 깊은 향을 낼 수 있는 생물학적 원리는 뭘까?

한국에 돌아와 집 뜰에 있는 민트를 말려서 겨울에 마셔볼까 했지만 몇 번을 시도해도 민트를 고슬고슬하게 말리기가 쉽지 않았다. 부족한 햇빛과 습기 때문일 것이다. 중요한 것은 제맛이 나지 않는다는 점이다. 그러나 아르메니아에서 사온 마른 민트 잎은 다르다. 일 년이 지난 마른 민트 잎에서도 아직도 변함없는 맛이 난다. 아마도 아르메

녹차를 뭉글하게
우러낸 다음

껍은 민트

설탕을
적당히 넣고
잘저어 준다

녹차

2~3분
기다린 후

파리 카페
스타일

짱
띵

레몬

설탕

긴 수저

녹차와 민트를 컵에 넣고
뜨거운 물을 붓는다

카사블랑카 유리잔 (365 cc)

니아의 적당한 공기, 습도, 햇빛이 민트 잎을 건조시키는
과정에서 자연의 향미를 유지시키는 게 아닐까 싶다. 표현
하자면 '테루아르Terroir*'가 있지 않을까 생각해본다.

---

* 와인 용어로 포도가 자라는 데 영향을 주는 지리적 환경 요소를 말하
지요.

서울과 파리

나에게 파리와 서울은 동화 같은 곳이다.

나는 망원동 출신이다. 결혼해 출가하기 전까지 망원동 시장 근처에 있는 2층 양옥집에서 살았다. 2층 양옥집에서 바라보면 망원동 평원은 당근 밭과 시금치 밭이었다. 녹색의 정원 같은 밭이 합정동까지 펼쳐져 있었다. 여름이면 밍크나 오소리가 우리집 지하실에 새끼를 낳기 위해 찾아왔다.

서울을 떠난 30대 이후로는 한 번도 망원동에 가보지 않았다. 가고 싶은 마음도 없고 망원동 시장에 가서 변해버린 추억을 되씹고 싶은 마음도 없다. 하지만 당시 망원동 2층 양옥집에 대한 추억을 공유하는 친구들과 연애하던 여인들의 안부는 궁금하기도 하다.

그건 그렇고, 태어나서 지금까지 스무 번 정도 이사를 했다. 프랑스와 일본 생활을 포함해 일 년에 몇 번씩 이사를 해본 적도 있다. 서울에 돌아와서도 한강이 보이는 곳으로 "이사 한 번 해볼까!" 이렇게 마음먹으면 이사를 했다. 지금은 이태원에 정착해 살고 있다. 이태원에 살기 전에는 홍대 근처 동교동에서 살았다. 나름 지대가 높은 곳이라서 남산이 보였다.

동교동에서는 홍대의 젊은이들이 몰려다니기 시작하기 직전까지 살았다. 당시 홍대 앞은 학교 앞 허름한 동네 정도의 공기를 간직하고 있었다. 일요일이면 한적한 홍대 앞에서 가족들과 와인을 마시고, 친구들과 맥주를 마시고, 제자들과 삼겹살을 구워 먹고, 홍대의 밤을 즐기다가 걸어서 집에 왔다. 클럽에 자주 갔지만 지금과 같은 밀도를 가진 클럽은 아니었다. 귓속말로 말을 주고받을 정도였다.

홍대가 트렌드와 젊은이의 거리로 폭발한 후로 서울은 많이 변했다고 생각한다. 나보다 나이를 더 드신 분들은 또 다른 기준점이 있겠지만 내 경우에는 그렇다는 것이다. 그 후로는 서울 곳곳에 홍대와 같은 동네들이 생겨났다. 서울이 발전을 했다면 발전을 했다고 말할 수도 있겠다. 예전에는 어디를 가야지만 즐길 수 있는 문화가 있었지만 지금은 서울 어디를 가도 그 에너지를 즐길 수 있다.

파리의 친구들이 서울에 오면 이런 분위기에 감탄을 한다. 파리에서는 가질 수 없는 리듬이 서울엔 있기 때문이다. 재즈 악보와 같은 현란함이 서울엔 있다. 고개를 돌리면 무질서와 질서가 뭐라고 정의할 수 없이 뒤섞여 있다. 그렇다고 혼란스러운 것과는 다르다. 좋게 이야기하면 전통적인 것과 현대적인 게 무질서하게 녹아 있다. 이러한 무질서에 대한 질서가 하루아침에 만들어진 것은 아니다. 이것 역시 좋게 이야기하면 시간의 힘이 만든 풍경이다. 중요한 것은 이런 풍경이 예고 없이 하루아침에 바뀔 수 있다는 점이다. 사라진다든가 만들어진다든가, 서울이기 때문에 가능한 일이다.

파리는 정적이다. 30년 전의 파리와 비교하면 많은 부분이 변했다. 하지만 파리는 변해도 정적이다. 동네 풍경은 언제 가도 같은 모습을 간직하고 있다. 수요일과 토요일 동네 요일 장이 서면 장바구니를 들고 동네를 활보하는 사람들의 무리 역시 변하지 않았다. 변화를 찾아보자면 단골 빵집의 주인이 그 아들로 바뀌었을 뿐. 이렇게 변함없는 관성

이 주는 편안함이 파리의 매력이다. 흐르는 시간을 관현악 음색처럼 느낄 수 있다.

　나에게는 두 개의 고향이 존재한다. 서울과 파리. 거침 없이 돌진하는 서울 생활이 힘들어지면 파리로 날아가 다락방에 숨고, 파리 생활이 느슨해져 속도감이 필요하면 서울로 날아와 파도를 타듯 시간의 고비와 고비를 넘는다.

프랑스 밤하늘의 고기

일을 마치고 동네에 도착하면 일순간 기분이 좋아질 때가 있다. 가로등이 켜지고 어둑해지는 시간. "아, 피곤해" 하는 말이 입을 벌리지도 않았는데 툭 튀어나온다. 이런 날 노란 소듐 등이 환하게 비추고 있는 가게 안쪽 사람들의 바쁜 움직임을 보면 '열심히 일하는 것은 아름답구나' 하는 생각이 절로 든다. 열심히 살고 있다는 서로의 연대감이 나를 위로한다.

저녁의 일정은 보통 비슷하다. 집에 들어가 따뜻한 물로 샤워를 하고 난 다음 와인을 마시면서 요리를 한다. 가족과 함께 식사를 하고, 마지막 와인을 한 잔 더 마시고 깔끔한 디저트로 마무리를 한다.

오늘은 덧문을 닫아 암흑처럼 만들어놓고 침대 옆 등

을 켜고 책을 읽다 자야지 하는 생각을 하면서 집으로 향
하는 순간, 잠봉jambon이 먹고 싶을 때가 있다. 잠봉을 생각
한 순간 동시에 테린terrine이 머리를 스친다.

"맞다! 테린이다."

잠봉과 테린. 그리고 냉장고에 있는 토마토와 야채를

생각한다. 사다 놓은 와인도 있다. 뭔가 빠진 듯한 느낌이 들지만 뭔지는 잘 모르겠다.

테린은 프랑스식 고기 찜이다. 이 테린의 종류는 치즈만큼 끝이 없다. 테린은 돼지고기, 소고기, 가금류 등으로 만들어진 육가공품 샤르퀴트리charcuterie의 한 종류이기도 하다. 샤르퀴트리는 '도살한다, 내리치다'라는 뜻의 샤퀴터charcuter에서 나온 말이다. 소시지, 순대, 햄 그 외에도 염장한 가공식품이 많다. 돼지가 기본이지만 닭, 거위, 꿩, 토끼 등 사냥에서 잡은 고기로 만들기도 한다. 그중에서 내가 좋아하는 테린은 토끼 살과 간 그리고 오렌지 콩피*와 약간의 럼을 넣어 오븐에 구운 것이다. 물론 이 테린은 차게 먹는 음식이다.

"잠봉 3장만 주시고 테린을 원하는데 뭐가 좋을까요?"

정육점 주인 무슈 퐁텐은 정육점을 하고 있으니 당연히 고기에 대해 잘 알겠지만, 고기 이전에 인간적인 신뢰감이 든다. 지금까지 서로 개인적인 이야기를 해본 적이 없지

---

* 설탕에 절인 오렌지 껍질이에요.

만 나는 퐁텐을 신뢰한다. 그는 최고의 고기와 잠봉 그리고 테린을 권한다. 그 맛은 한 번도 배신한 적이 없다. 그리고 그는 항상 웃고 친절하다. 그 외에는 그에 대해서 아는 게 없다.

프랑스엔 햄이 없다. 대신 잠봉이 있다. 잠봉은 돼지 뒷다리 두 개를 의미한다. 잠봉에는 익은 잠봉과 익지 않는 잠봉이 있다. 익은 잠봉에는 파리 잠봉le janbon de Paris이 제일 유명하다. 하얀색 잠봉jambon blanc도 있다. 돼지 뒷다리의 뼈를 제거한 후 통째로 삶아낸 잠봉은 여러 가지 제품이 있다. 잠봉 스페리외르Jambon superieur라는 제품은 최상의 잠봉이라는 의미를 가지고 있다. 이 잠봉은 어떤 보조제를 넣지 않고 삶아낸 것을 말한다. 잠봉 토르숑jambon torchon은 행주 잠봉이라는 의미로 뼈를 바른 뒷다리를 삶기 전에 행주로 싸서 삶았다는 의미다. 잠봉 브레제jambon braise는 압력 냄비에 넣고 삶았다는 의미다. 잠봉 마르크 jambon marque는 돼지의 여러 부위를 섞어 만들었다는 의미다.

그건 그렇고 이 집은 소시송saucisson이 최고다. 건조 소시지를 소시송이라고 한다. 살라미salami와는 다르다. 살라

미는 소금에 절인 고기라는 의미로 훈연하지 않고 공기 중에 말리면서 발효시킨 소시지다. 염분이 있어 짭조름하고 향신료가 강하다. 그리고 돼지 원육이 좀 거칠다. 소시송은 잘 키운 돼지고기를 소금에 절인 후 잘게 가공한 다음 향신료와 조미료를 넣고 케이싱에 건조한 것이다. 수분 함량이 적어 부엌에 걸어놓고 생각날 때마다 얇게 잘라 먹을 수 있다.

얇게 썬 맛있는 소시송은 아페리티프와 함께하기 최

고다. 소시송의 맛은 두께에 따라 다르다. 두께의 맛이라고 나 할까?! 정육점에서 '적당한 두께'라는 말은 입속에 머무는 '적당한 염분'이라고 할 수 있다. 이렇게 '적당히' 잘라주는 것은 기술이 필요하다. 감각적인 기술이다. 자신이 파는 소시송을 정확히 이해한 주인만이 할 수 있는 작업이다.

무슈 퐁텐이 소시송 열 장을 썰어서 종이에 싸준다. 건네주면서 전하는 그의 웃음이 나의 기분도 좋게 만든다. 집으로 가는 길 봉투를 연다. 파리의 밤하늘을 바라보면서 소시송 한 장을 입에 넣는다. 침이 고이면서 어느새 사라진다.

알프스 겨울 풍경 속으로
들어가기

알프스에는 르블로숑Roblochon 치즈가 있다. 프랑스 남동부 지역은 서부 알프스산맥이 자리 잡고 있다. 알프스 지형을 주변으로 론알프스 지역이 있다. 론 알프스 지방에는 알프스 산맥 바로 위로 보주라는 산악지대의 산자락을 타고 흐르는 손강과, 알프스에서 흘러내리는 론강이 합류하는 언저리에 프랑스 제2의 도시 리옹이 있다. 제2의 도시인 리옹은 로마제국의 갈리아 식민지의 수도로서 번영을 누리기도 했다.

르블로숑 치즈는 알프스 산악 지역인 사부아 지역에서 13세기경부터 만들어 먹던 대표적인 연질 치즈다. 가공되지 않은 우유로 만든 치즈로 3주에서 한 달 사이의 보존 기간과 숙성 시간을 지녔다. 맛과 냄새는 매우 자극적이지

만 아주 부드럽다. 껍질은 연한 오렌지 계열의 노란색이며 질감은 부드럽다. 부드러운 땅콩 맛으로 시작해 쌉싸름한 맛으로 마무리된다.

르블로숑 치즈의 역사는 13세기까지 거슬러 올라간다. 당시 농가에서는 지주로부터 방목하는 산지를 빌리고 임차료로 우유를 주어야 했다. 농부들은 낮에 우유를 전부 짜내지 않고 남겨두었다가 지주가 가고 없는 저녁에 마저 짜냈다. 이렇게 다시 짜낸 진한 우유로 만든 치즈가 르블로숑이 되었다. 르블로숑은 '다시 짜낸다'라는 뜻의 '르블로셰르reblocher'에서 이름이 비롯되었다. 20세기 초까지는 소량만 생산되어 알려지지 않았지만 스키를 타러 온 사람들에 의해 르블로숑의 맛이 널리 알려지게 되었다.

입안에 르블로숑을 넣으면 처음에는 혀에 닿는 느낌이 차갑지만 곧 촉촉하게 젖어들어 녹으면서 알프스 산악지역 우유의 깊은 맛이 피어난다. 당연히 여름부터 겨울 초입까지의 치즈가 훌륭하다. 디저트로 알맞아서 드라이한 화이트와인과도 어울린다.

타르티플레트tartiflette라는 알프스 토속 요리가 있다.

알프스의 겨울 요리이지만 누구나 쉽게 만들 수 있는 감자 그라탱으로 지금은 가정 요리로 일반화되었다. 예전에는 손잡이가 긴 프라이팬 위에 익은 감자와 양파를 올리고 남은 생우유로 만든 르블로송 치즈를 뚝뚝 잘라 올려 장작불에 구워 먹는 시골스러운 음식이었다. 타르티플레트의 어원은 알프스 옛 고유어인 사부아어로 감자라는 의미의 타르티플tartifle에서 왔다.

타르티플레트를 만드는 재료는 간단하다. 아삭한 감자 2~3개, 르블로송 치즈, 햄 500그램, 양파 3개, 후추가 전부다. 우선 감자를 아삭하게 익을 때까지 삶아준다. 삶는 동안 프라이팬에 식용유를 두르고 햄과 양파를 살짝 볶는다. 그동안 생크림에 레몬을 약간 뿌려주고 기다리면 생크림이 굳는다. 준비된 생크림을 감자, 볶은 양파와 햄 위에 발라주고 치즈로 덮는다. 오븐을 200도로 맞추고 약 25분간 익혀준다. 이걸로 끝이다.

타르티플레트는 신선한 샐러드와 함께 추운 겨울 기분 좋은 한 끼 식사로 매우 훌륭하다. 겨울 감자로 만든 그라탱은 겨울의 추위를 잊고 에너지를 얻을 수 있는 요리다. 드라이한 사부아 화이트와인과 함께하면 더욱 최고의 순

LA TARTIFLETTE
라 타르티플레트

사부아
화이트와인

타르티플레트 치즈
르블로숑치즈

Ermitage
fromage pour
Tartiflette

Reblochon
au lait cru

먹기 좋게 자른후
삶는다

치즈로 덮는다

레몬

생크림

양파

200°C
25분간
오븐 속에서

베이컨
라르동 Lardon

직당히
볶아준다

간을 기억할 수 있다. 르블로숑 치즈가 준비되지 않았다면
모차렐라 치즈도 좋다.

크리스마스 시즌이 되면 파리에서도
타르티플레트를 즐길 수 있다. 주말에
서는 요일 장에서 커다란 냄비에 타르
티플레트를 판다. 추운 겨울 길거리에서
타르티플레트를 뱅쇼와 함께 먹고 있다면
알프스의 겨울 풍경 속에 이미 들어와 있는 것
이다.

겨울밤을
최선으로 즐기려면

제랄에게 프랑스 요리 중 가장 자신 있게 할 수 있는 요리가 뭐냐고 물어보면 단숨에 뵈프 부르기뇽Boeuf bourguignon이라는 대답이 나온다. 프랑스어로 뵈프Boeuf는 소고기를 뜻하고, 부르기뇽bourguignon은 부르고뉴식으로 조리된 요리를 말한다. 말 그대로 부르고뉴식 소고기 요리라는 의미다. 뵈프 부르기뇽은 소고기, 레드와인, 야채, 버섯, 부케가르니 등을 첨가하여 장시간 뭉근하게 끓여낸 요리다.

이 요리에 들어가는 허브는 부케가르니다. 부케가르니는 뭐랄까 프랑스 요리에서 빠지면 안 되는 우리네 멸치팩과 같은 존재다. 뵈프 부르기뇽 요리를 하기 전에 먼저 부케가르니를 만들어야 한다. 부케가르니는 프랑스어로

월계수 잎
타임
파슬리대
셀러리대

Bouquet Garni
부케 가르니

향초 다발이라는 뜻에서 이름이 비롯되었다. 싱싱한 허브를 실로 묶은 부케가르니는 스튜나 수프를 끓일 때 재료의 좋지 않은 맛을 없애거나 향을 내는 역할을 한다. 부케가르니에 들어가는 기본 허브는 타임, 월계수 잎, 셀러리 줄기, 흰 대파, 파슬리 줄기다. 만들고자 하는 요리에 따라 첨가하는 향신료와 채소의 종류는 달라지지만 기본 배합에 더 넣거나 빼면 된다.

뵈프 부르기뇽은 샤롤레라는 프랑스의 식용 소 품종 고기와 피노누아르 품종의 포도로 빚은 레드와인으로 유명한 부르고뉴 지방에서 자연스럽게 개발된 요리다. 처음엔 부르고뉴 지방의 일반적인 음식이었으나 20세기 초 프

랑스 요리사인 오귀스트에 스코피에의 요리책『요리 안내
Le Guide Culinaire』에 레시피가 정립된 이후 오트퀴진*으로
발전했다.

뵈프 부르기뇽에 쓰이는 소고기 부위는 우둔살이나
등심이다. 먹음직하게 고기를 깍둑썰기하고 키친타월로
핏기를 빼준다. 그래야 잡냄새가 안 난다. 그다음 프라이팬
에 올리브유를 두르고 작은 크기로 자른 베이컨이나 새끼
손가락 한 마디 정도로 잘라둔 라르동을 튀기듯 볶는다. 라
르동과 베이컨은 따로 접시에 담아놓는다. 이때 남은 베이
컨 기름이 중요하다. 이 기름에 코팅한다는 느낌으로 썰어
놓은 당근, 양파, 버섯을 살짝 볶는다.

그다음 중요한 조리 도구 냄비가 등장한다. 뭉근하게
오랫동안 끓이기 위해서는 철 냄비가 필요하다. 이런 스튜
요리에 가장 적합한 냄비는 르쿠르제 철 냄비다. 르크루제
냄비는 무거운 게 단점이지만 그 점이 장점이다. 장점과 단
점, 이것은 보기에 따라 다른 법. 무쇠 냄비의 특징은 바닥
과 옆면에 열이 고르게 퍼져서 음식을 고르게 익힐 수 있

----

* 프랑스 궁중 요리에 뿌리를 둔 고급 요리를 말하지요.

소고기

등심이나 기름기 없는 우둔살

먹음직하게 깍둑썰기

키친타올을 이용 최대한 핏기를 제거해준다

올리브기름

베이컨 Lardon (라르동)

복은 베이컨은 잠시 쉬고

베이컨을 튀기듯 볶는다

후추   소금적당히

베이컨기름에 야채를 코팅하는 것처럼 살짝 볶는다

당근   양파   (!!!)

버섯

고기

볶은야채 투척

올리브오일

소고기 스톡

로쿠르제 냄비 Le Creuset

전날 먹다남은 레드와인을 투척

토마토홀   물 적당히

전설의
르쿠르제 엔조마리
마마 냄비

남은 양송이 듬뿍

가끔 저어주면서
뭉근하게 충분히
끓여준다

부케 가르니

다. 묵직한 뚜껑이 압력과 증기가 빠져나가지 못하게 잡아
주기 때문이다.

　　1972년, 이탈리아의 디자이너인 엔조 마리가 르쿠르
제 냄비를 디자인했다. 양쪽 T자형 손잡이가 달린 르쿠르
제 냄비로 '엔조마리 마마le creuset Enzo Mari Mama'라고 이름
이 붙여졌다. 냄비의 볼륨감이 멋진 색상과 잘 어울려 어디
에 놓이건 존재감이 드러난다. 그리고 요리하는 동안 냄비
의 양쪽 손잡이가 말을 건다. 요리를 하면서 기분이 좋아지

는 냄비다. 요리한 냄비째 식탁에 올려놓으면 냄비의 존재가 더 빛을 발휘한다. 엔조 마리의 디자인 철학인 '평등한 사회를 위한 평등한 물건' 뭐, 이런 담론이 음식을 담아낸다. 모든 걸 떠나 이 냄비는 이래야 한다, 이런 생각이 들게 한다.

크기와 색상이 다른 몇 개의 엔조마리 냄비를 가지고 있다. 나의 멋진 컬렉션 중 하나다. 하지만 이 엔조마리 냄비의 운명은 앞으로 어떻게 될까? 무거운 철재 솥의 운명은 앞으로 어찌 될까? 이 냄비는 3킬로그램으로 들기도 무겁고 씻기도 불편하다. 무거워서 보관하기도 쉽지 않다. 한 손으로 들다가 손목이 다칠 수 있다. 슬픈 이야기이지만 지금은 문제없어도 앞으로 10년 후엔 사용하기 불편할 것도 같다. 그때가 되면 잘 보이는 선반에 놓고 감상하면 되지 않을까? 그리고 시간이 더 지난 후엔 어떻게 될까? 냄비로 음식을 해 먹는 시대가 사라지지 않을까?

이런 물건들이 살아남을 수 있는 유일한 길은 젊은 친구들이 좋아하는 것뿐이다. 좋은 물건들이 만들어지고, 그 물건에서 삶의 영감을 받고, 다시 그 풍요로움이 젊은 사람들에게 이어질 수 있다면. 이런 생각을 한다는 것은 내가 나이가 들었다는 증거 아닐까?! 나이를 먹는 것은 기쁜 일은 아니지만 그렇다고 꼭 슬프지도 않은 일이다. 이런 사유를 할 수 있게 만드는 엔조마리 냄비는 사랑할 수밖에 없다.

그건 그렇고, 다시 요리 얘기로 돌아가면 엔조마리 냄비에 베이컨과 썰어놓은 소고기를 올리브기름과 함께 넣고 소금과 후추로 간을 한다. 이때 소금을 과하게 넣으면 안 된다. 야채에도 충분한 염분이 있기 때문에 소금을 넣는 둥 마는 둥 살짝 넣어도 무방하다. 그리고 나무 주걱으로 잘 저어주면서 고기를 살짝 익힌다. 그다음 레드와인, 부케가르니, 토마토 페이스트, 볶은 야채를 넣는다. 물도 적당히 넣는다. 물을 많이 넣지 않아도 야채에서 수분이 나오기 때문에 소스의 농도를 생각해서 넣는다. 이제 가끔씩 나무 주걱으로 저어주면서 와인을 마시거나 수다를 떨면서 기다리면 된다. 이 순간, 뵈프 부르기뇽의 향과 부케가르니의 향이 방 안에 진동한다.

요리가 되는 동안 감자를 삶는다. 뵈프 부르기뇽은 삶은 감자와 먹는 것이 전통적인 방법이지만 탈리아텔레 국

Boeuf Bourguignon
뵈프 부르기뇽

피노누아
Pinot Noir
포도주
요리는
무얼까?

뵈프 부르기뇽!

수, 쌀, 파스타와 함께 접시에 담아 먹어도 괜찮다. 접시에 담긴 뵈프 부르기뇽에 파슬리를 뿌리면 때깔이 더 빛난다. 싱거우면 입맛에 맞게 소금을 더 넣으면 된다. 한 가지 더, 빵은 필수다. 접시에 남은 소스를 박박 닦아 먹기 위한 최대의 도구는 빵이다.

뵈프 부르기뇽 요리와 어울리는 최적의 와인은 부르고뉴 지방에서 생산되는 피노누아르 와인이다. 만약 겨울밤 피노누아르 와인이 있다면 뵈프 부르기뇽 요리를 해야 한다! 그러면 겨울밤을 최선으로 즐길 수 있다. 아니면 피노누아르 와인을 가장 맛있게 마기시 위해서 뵈프 부르기뇽 요리를 해 먹는 방법도 있을 것 같다.

이 공격적이고 충만한
액체의 기운

오후 4시가 되면 태양의 움직임은 떠나는 사람의 모습으로 바뀐다. 우리 몸은 이런 미묘한 공기의 변화를 감지한다. 태양은 달에게 빛을 넘기며 서서히 사라져간다. 이 시간엔 물리적 에너지가 부족해진다. 한낮 최고 에너지와의 차이만큼, 부족함은 뭔가를 찾게 만든다. 간식이든, 맑은 공기든, 산책이든, 커피 한 잔이든.

카페로 향해야 하는 적절한 시간이 이즈음이다. 커피 한 잔 분량의 카페인이 필요하다. 밤으로 가는 전환점의 출발. 각설탕 하나를 넣은 에스프레소의 카페인으로는 부족하다면, 만약 더 자극적인 그 무엇이 필요하다면, 에스프레소 한잔과 칼바도스 한 잔을 권한다.

카페에서의 칼바는 칼바도스 술을 말한다. 칼바를 마

시는 방법이 있다. 먼저 에스프
레소가 도착하면 설탕 하나를 털
어 넣는다. 설탕 둘은 과하다. 부
족함이 과하게 채워지면 만족
감이 올 것 같지만 그렇
지 않다. 충만감은
적당한 부족함에서
나온다. 결론은 각설
탕 하나가 적당하다. 그리고 설탕을 물리적으로 녹이지 않
는다. 수저로 젓지 않고 기다린다.

먼저 커피를 한 모금 즐긴다. 설탕을 젓지 않아 에스프
레소의 순수한 맛을 즐길 수 있다. 첫 한 모금은 커피 자체
를 느낀다. 그다음 칼바도스 잔을 커피에 붓는다. 에스프
레소 잔이 칼바도스로 다시 찰랑찰랑하게 채워진다. 이제
는 수저를 저어가며 가라앉은 설탕을 서서히 녹인다. 커피
와 설탕과 칼바가 섞인 '용액'이 이제 에스프레소 잔 안에
담기게 된다. 커피와 섞이면서 화학적 변화를 가져와 다른
액체가 된 것이다. 낮에서 밤으로 바뀌어가는 도시의 변신
처럼 다른 액체가 된다. 이제 따뜻한 카페칼바가 담긴 에

스프레소 잔을 머뭇거림 없이 한 번에 들이킨다. 원샷! 그러면 40도의 알코올과 따뜻한 카페인이 갑자기 뇌를 혼미하게 만든다. 이 공격적이고 충만한 액체의 기운이 위안을 준다. 다시 오후를 시작할 수 있는 힘이 난다.

노르망디 사과를 발효시킨 사과주 시드르를 증류한 브랜디가 칼바다. 알코올 도수는 40도다. 2년 이상 오크 통에 숙성을 거쳐 마시지만 20년 이상을 숙성시킨 오래된 칼바도 있다. 카페칼바는 '크아페' 또는 '카페아로제'라는 이름으로 불리기도 한다.

그런데 이제는 세월이 지나 사람들이 카페칼바를 찾

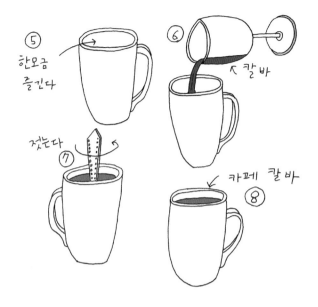

⑤
한모금
즐긴다

⑥
칼바

⑦ 젓는다

⑧ 카페 칼바

지 않는다. 도심에 노르망디 노동자들이 없어지면서 즐기는 사람들이 줄어들었다. 집 근처 카페 주인에게 물어보니 카페칼바는 1950년대에서 시작해 1960년대에 유행을 이루고 1970년대부터 사라져간 스타일이라고 한다. 술도 유행이 있다. 사람들이 만든 문화이니 당연한 이치가 아닐까. 당시에는 칼바를 아침마다 한 병씩 팔았는데 이제는 6개월에 한 병도 못 판다고 했다. 새벽같이 집을 나와 카페칼바를 마셨던 1960년대의 파리는 어떤 풍경이었을까? 흑백의 그림이 그려진다.

아는 편집장에게 카페칼바의 풍미와 멋에 대해 자랑을 했다. 아침저녁으로 카페 바에 서서 카페칼바를 마셨던 이야기를 했던 것 같다. 바에 서서 에스프레소를 마시면 1유로에서 1.2유로 정도이고 칼바 싱글 작은 한 잔이 2유로 정도이니 3유로 정도면 카페칼바를 즐길 수 있다고 이야기했다. 한참 시간이 지난 뒤 편집장을 만났다.

"교수님, 카페칼바 무지 비싸던데요!?"

"아 그래요? 파리에서 제일 싼 술인데…."

파리는 카페테라스에 앉으면 값이 최소한 2배로 뛴다. 풍경이 있는 테라스 의자에 앉아 에스프레소를 마시면 가격이 2.3유로가 된다. 칼바 역시 바에서 마시면 작은 잔으로 주지만 테라스에 앉으면 고급스러운 코냑 잔으로 준다. 그리고 코냑에 해당되는 값을 받는다. 최소한 6유로 이상을 받는다. 나는 테라스에 앉아 카페칼바를 마셔본 적이 없다. 테라스에 앉아 카페칼바를 마시는 파리지앵 역시 보지 못했다.

9월 1일을 기점으로 한 해를 시작하는 파리. 유럽은 한

해의 시작이 바캉스가 끝난 9월부터다. 날씨는 비가 오기 시작하고 공기 역시 맑아질 즘이다. 11월이 되면 비가 오는 날이 더 많아진다. 비가 오고 개기를 반복하다 보면 기온은 떨어지고 해가 일찍 져 어둠이 빨리 오고 아침은 늦어진다. 이런 날씨의 파리는 축축하고 기압이 낮다.

이런 무거운 날씨를 이방인이 자연스럽게 받아들이기는 힘들다. 하지만 파리지앵들은 이런 날씨가 진정 파리의 가을이고 한 해의 시작이라고 생각한다. 이런 날은 에스프레소가 아니라 프티크렘이나 카페크림을 찾게 된다. 따뜻한 우유의 지방이 그리워진다. 프티크렘은 증기로 우유 거품을 만들어서 에스프레소에 거품만 떠서 얹어주는 것이고 카페크림은 증기로 데운 우유를 에스프레소에 넣어 담은 것이다. 에스프레소의 묵직함과 입안에 감도는 우유의 맛이 잘 어울린다. 카페크림은 설탕의 달달함과도 잘 어울린다. 한 가지 더, 칼바 한 잔과도 잘 어울린다.

묵직하고 무거운 파리의 겨울날을 이겨내기 위한 나만의 액체 칼바가 없다면 어찌 이 겨울을 보낼까?

파리의 하늘

　　박사를 받고 처음 일했던 연구소는 노르망디의 중심인 캉에 있었다. 지금부터 30년 전의 일이다. 파리 북역에서 기차를 타고 노르망디역에서 내려 버스를 타고 10분 정도 가면 허허벌판에 연구소가 나타났다. 숙소는 학교 기숙사를 사용했다. 기숙사는 두 평 정도로 책상과 침대가 전부였는데 아무 생각 없이 침대에서 잤다가 다음 날 허리가 아파 일어날 수가 없었다. 침대의 스프링이 낡아 누우면 V자로 휘어질 정도였는데 첫날 피곤해서 곯아떨어진 것이다. 그 다음 날부터는 바닥에 이불을 깔고 잤다.

　　당시에는 약국에 가서 파스를 살 생각을 왜 못했는지 모르겠지만 고통스럽게 지내다가 주말에 허리를 부여잡고 선배를 만나러 파리로 갔다. 선배에게 침대 이야기와 아픈 허리 이야기를 하니 자기도 처음 파리에 도착했을 때 똑같은 경험을 했다고 말했다. 낯선 곳에 도착하면 다 비슷한 경험을 하게 된다. 실수를 하고 그 과정을 지나치면서 적응해 나간다.

그 후에 파리에 공부하러 온 후배를 만났는데 기숙사 침대와 아픈 허리에 대한 이야기를 듣게 되었다. 그 이야기를 들으면서 내가 선배에게 들었던 이야기를 해주었다. 이 무한반복적인 파리 기숙사의 침대 문제는 지금쯤 해결되었을까? 모르겠다. 궁금하네.

가끔 파리에 유학 온 학생들을 만난다. 서울에서 직접 온 친구들도 있고, 다른 나라를 거쳐서 온 친구들도 있고, 워킹홀리데이로 온 친구들도 있다. 이 멋진 친구들에게는 공통점이 있다. 열심히 살고 있지만 항상 뭔가 부족한 상태에 있다는 점이다. 경제적 어려움을 어깨를 짓누르는 만성피로처럼 달고 다닌다. 이 어려움은 극복되지 못한 채 그 상황을 유보하면서 지속된다. 파리 유학 생활의 본질적인 요소다. 집에서 돈을 가져와 펑펑 쓰는 친구들도 있겠지만 내 주위에서는 보지 못했다.

가난의 시간은 잠시일 수도 있다. 아니면 지나가는 시

간 혹은 과정일 수도 있다. 어떠한 어려운 시간도 머물지 않는다. 흘러간다. 삶의 일시적 부조화라는 표현이 맞을지도.

어디나 마찬가지겠지만 삶의 가장 근본인 식과 주를 해결하는 문제는 파리에서 삶의 전부다. 어렵게 돈을 벌어 집세를 내고, 빵을 사고, 빵을 먹고, 휴식을 취한 몸으로 일을 해야 한다. 공부를 하는 경우라면, 어려운 관문을 하나 더 지나야 한다.

그렇다면 파리에 사는 이들이 가진 장점은 무엇일까? 서울과는 다른 공기 속에서, 파리라는 공간에서 일상을 보내는 것. 이는 매우 특별하다. 인간이란 존재는 한 공간에서 살 수밖에 없다. 하지만 인생에서 다른 공간에 머무는 경험을 할 수 있다니! 그 공간이 파리라니! 행운이다.

가난한 청춘 시절 파리 다락방에서 살았던 헤밍웨이처럼. 파리는 헤밍웨이가 살았던 1930년대와 달라진 게 없다. 헤밍웨이가 살았던 제재소 위의 다락방. 파리 14구 몽파르나스역 근처의 다락방. 같은 파리의 하늘.

가끔 젊은 친구들이 나에게 파리에서 살아보고 싶다고 말한다. 그러면 내 대답은 간단하다. "파리에 살면 되잖아!" 쉬운 이야기 같지만 결단을 내리기에는 어려움이 따른다. 인생을 다 가질 수 없듯이 가볍지 못하면 파리에 머물 수 없다. 인생을 가볍게 만들려면 뭔가를 버려야 한다. 이것이 어렵다. 그래서 꿈만 꾸고 관성의 힘으로 자신의 공간을 떠나지 못한다.

내 경우 파리에서 살아본 경험은 무엇과도 바꿀 수 없다. 아마 내가 간직하는 가장 소중한 기억일 것이다. 항상 주머니에 넣고 다니고 싶은 그런 기억. 그러면 그때 행복했느냐? 잠시 그랬을지 모른다. 잠시를 지나치면 끝없는 걱정과 미래에 대한 불안, 가난 뭐, 이런 종합 선물세트 같은 상황의 연속이었다. 모순일지 모르지만 그래서 행복했던 시절이라고 생각되는 이유는 뭘까?

당시 채린이가 한 살이었다. 언제 아플지 모르는 아이, 불확실한 미래, 몰입해야 할 공부. 어떻게 지나갔는지 모르지만 그 시간은 지나갔다. 찬 우유를 마시던 아이도 멋지게 컸다. 당시 무모하게 파리로 떠나지 않았다면 어떻게 되었을까? 주위의 말을 듣고 그 꿈을 접었다면 더 행복한 삶을 살았을까?

우주 말고
파리로 간 물리학자

초판 1쇄 발행 2021년 9월 7일
초판 2쇄 발행 2021년 10월 12일

지은이 이기진
펴낸이 유정연

이사 임충진 김귀분
책임편집 김경애 **기획편집** 신성식 조현주 김수진 이가람 **디자인** 안수진 김소진
마케팅 이석원 박중혁 정문희 김예은 **제작** 임정호 **경영지원** 박소영

펴낸곳 흐름출판(주) **출판등록** 제313-2003-199호(2003년 5월 28일)
주소 서울시 마포구 월드컵북로5길 48-9(서교동)
전화 (02)325-4944 **팩스** (02)325-4945 **이메일** book@hbooks.co.kr
홈페이지 http://www.hbooks.co.kr **블로그** blog.naver.com/nextwave7
출력·인쇄·제본 성광인쇄 **용지** 월드페이퍼(주) **후가공** (주)이지앤비(특허 제10-1081185호)

ISBN 978-89-6596-464-3 03810